로크미디어가
유혹하는
재미있는 세상

ROK
MEDIA
로크미디어

이것이 법이다

이것이 법이다 30

2018년 1월 3일 초판 1쇄 인쇄
2018년 1월 8일 초판 1쇄 발행

지은이 자카예프
발행인 이종주

기획 팀 이기헌 왕소현 박경무 이승제
책임 편집 최전경

발행처 (주)로크미디어
출판등록 2003년 3월 24일
주소 서울시 마포구 성암로 330 DMC첨단산업센터 3층 314호
Tel (02)3273-5135 Fax (02)3273-5134
홈페이지 rokmedia.com E-mail rokmedia@empas.com

© 자카예프, 2015

값 8,000원

ISBN 979-11-294-0813-6 (30권)
ISBN 979-11-255-9575-5 04810 (세트)

이 책의 모든 내용에 대한 편집권은 저자와의 계약에 의해
(주)로크미디어에 있으므로 무단 복제, 수정, 배포 행위를 금합니다.

작가와의 협의에 의해 인지는 생략합니다.
잘못된 책은 구입처에서 바꾸어 드립니다.

이것이 법이다

30

자카예프 장편소설

ROK
MEDIA
로크미디어

이 소설은 픽션입니다.
등장하는 인물 및 지명 등은 현실와 연관이 없습니다.
또한 소설 내에 나오는 법이나 법리 해석의 경우에도 대
중문학의 극적 전개를 위하여 일부분 과장되거나 변형된
것이 존재하니 실제 법과 혼동하지 않으시길 바랍니다.

CONTENTS

나라의 미래?

　대룡이 모든 준비를 끝낸 후 자연스럽게 다음 일이 터졌다. 노형진이 미리 준비한 대로 어린이집 교사들이 양심선언을 한 것이다.

　"이번 일에 관하여 저희 어린이집 교사들은 무척이나 걱정스럽게 생각하고 있습니다. 아이들은 이 나라의 미래이고 보호받아야 하는 대상입니다. 그럼에도 불구하고 어린이집들은 아이들을 단순히 돈으로만 보고 접근하고 있습니다. 아이들이 아프면 그 책임은 단순히 피해자 부모만 지는 것이 아닙니다. 한 아이가 아프면 선생님은 그 아이에게 신경을 쓸수밖에 없고, 그렇게 되면 다른 아이들이 피해를 입게 되어있습니다."

초유의 양심선언 사태. 그 사태에 언론은 벌 떼같이 들고 일어났다.

'전에는 이게 말 그대로 찻잔 안의 태풍이었지.'

물론 실제로도 이런 양심선언은 있었다. 하지만 어린이집 원장들이 뭉친 자들의 로비와 세력이 없는 선생님들이라는 특성, 그리고 우리나라에서는 맞벌이는 필수적이며 그로 인해 어린이집을 쓸 수밖에 없다는 현실적인 문제로 결국은 흐지부지되었다.

'이번에는 그렇게 안 되겠지.'

하지만 이번에는 대룡이 끼어들면서 상황이 급변하기 시작했다. 가장 먼저 대체재가 나타난 것이다.

"대룡은 물러가라! 물러가라!"

"우리 같은 중소기업의 시장을 잠식하는 대룡은 물러가라!"

"반성하라! 반성하라!"

노형진은 대룡의 사옥 앞에서 시위하는 아줌마들을 보며 피식 웃었다.

"저럴 줄 알았지요."

"그런가?"

"네, 저들은 다급한 거죠. 안 그래도 분위기가 좋지 않은 대룡이 끼어든다고 하니까요."

"하긴…… 이해가 가네."

유민택은 고개를 끄덕거렸다.

대룡이 끼어들면서 시내에 어린이집을 만드는 것은 잘되어 가고 있었다. 그런데 도리어 생각지도 못한 문제가 유민택을 곤혹스럽게 만들고 있었다.

"하지만 우리로서도 저들을 다 몰아내지는 못할 것 같군."

"대룡도 말입니까? 설마 정치권에서 압력이라도 들어온 겁니까?"

"그럴 리가 있나."

아무리 저들이 로비하고 뇌물을 준다고 해도 결국은 한계가 있는 작은 어린이집이다. 대룡의 로비력을 이길 수 있을 리 없다.

"자리 없네."

"자리 없다고요?"

"그러네. 벌써 우리가 만든 자리가 다 차 버렸어."

"헐."

대룡은 사무실 근처의 빈 공간들을 활용하여 어린이집을 만들고 출퇴근하는 부모들에게 홍보했다. 무려 300만 원의 회비를 내고도 매달 추가 비용을 내야 함에도 불구하고 이미 자리가 차서 도무지 사람을 받아 줄 수 없을 정도였다.

"생각보다 불만이 많았나 보더군."

"없으면 그게 이상한 거겠지요."

지금의 양심선언이 없다고 하더라도 어린이집의 실태에 대해 부모들이 아예 모르지는 않았을 것이다. 하지만 대체재가 없어서 모른 척할 수밖에 없었을 것이다.

"그 부분에 대해서는 제가 방법을 좀 찾아보지요."

국민들의 반응이 이렇게 뜨거울 거라 생각하지 못한 노형진으로서는 당황스러운 일이었다.

'당연한 건가?'

어떤 부모가 제대로 되지도 않은 어린이집에 아이를 맡기고 싶어 하겠는가?

"일단은 저 인간들부터 해결하는 게 문제일 것 같군요."

노형진은 아래를 보면서 비웃음을 날렸다. 거기에는 목이 터져라 외치는 사람들이 있었다.

⚖️

"이게 무슨 꼴이야?"

"그러게 말이야."

아무리 봄이라고 하지만 뜨거운 태양 아래에서 시위하는 것은 쉬운 일이 아니다. 특히 하루 종일 편하게 놀고먹던 사람들의 입장에서는 말이다.

"도대체 뭐 주워 먹을 게 있다고 기어들어 오는 거야?"

"대룡이 착한 기업이니 어쩌니 하면서 코스프레 하는 거 구역질 난다니까."

투덜거리는 사람들.

그때 노형진은 멀리에서 그들을 보면서 상황을 재고 있었다.

"확실히 노 변호사님 말씀이 맞네요."

손예은 변호사는 구역질 난다는 시선으로 그들을 바라보았다.

"그렇지요?"

사실 이번 사건은 노형진이 다른 변호사를 끼지 않고 하려고 했다. 하지만 사건이 터지고 소송전에 들어가면 어쩔 수 없이 인원이 필요하기 때문에 손예은 변호사에게 도움을 청할 수밖에 없었다.

"네, 확실히 패거리가 갈리고 있어요."

지나가는 사람들은 잘 모르겠지만 시위하는 원장들은 두 개의 패로 확실하게 갈려 있었다. 시위는 같이할지언정 그들의 입장은 달랐다.

"정치질하는 놈들이 그렇지요. 자기들이 권력이 있다고 생각하면 일반적인 사람들과 이야기하고 싶어 하지 않거든요."

"그래도 도시락까지 다를 거라고는 생각도 못 했습니다."

"그럴 겁니다. 솔직히 저쪽은 숫자만 많지, 힘이 강한 사람들은 아니니까요."

한국어린이집연합회. 저들의 이름이다.

하지만 그들이 평등하지는 않았다. 돈이 있어서 여러 개의 어린이집을 굴리면서 자신들의 세계를 구축한 소수와 진짜 생계를 위해 어린이집을 하는 다수에 대한 대우는 완벽하게 달랐다.

"구역질 나는군요."

"구역질이 나기는 하지요? 하지만 다수라고 불쌍하게 볼수는 없습니다. 도리어 생계형이라 더 악랄한 사람도 있기 마련이거든요."

"네."

손예은의 입장에서는 기가 막힐 수밖에 없는 게, 일단 복장 자체가 너무 차이가 나기 때문이다.

한쪽은 후줄근하고 다른 한쪽은 누가 봐도 고급스러운 옷을 입고 다닌다. 당장 먹는 점심도 소수 집행위원이라는 작자들은 호텔에서 보내 준 최고급 도시락을, 일반 회원들은 전문 도시락점에서 보내 준 싸구려 도시락을 먹고 있었다.

"우리의 목적은 저들을 와해시키는 겁니다."

"그렇지만 쉽지 않을 텐데요."

일단 저들은 저항하기 위해 뭉쳤다. 그런 상황에서 쉽게 와해될 리 없었다.

"그러니까 우리가 나서는 거지요, 후후후."

노형진은 다음 작전을 설명하기 시작했다.

손예은 변호사는 고개를 끄덕거렸다.

"확실히 좋은 방법이군요. 좀 잔인하기는 하지만."

"저 인간들은 애들한테 더 잔인하게 했습니다. 자기 돈보다 중요한 게 있다는 걸 뇌에다가 각인시켜 줘야지요."

그리고 그 계획은 미리 준비가 다 되어 있었다.

"남은 것은 폭파뿐이지요."

그리고 폭파 버튼은 이미 눌려 있었다.

⚖️

노형진이 가장 먼저 움직인 것은 다름 아닌 거래처의 확보였다.

"정상적인 인간이라면 그렇게 변질된 상품을 팔지는 않을 겁니다. 하지만 몇몇 문제가 된 어린이집의 경우 그러한 상품들이 유통되었지요."

노형진은 손예은에게 설명하면서 차를 몰았다.

"그런데 그런 곳이 어디인지 어떻게 아신다는 거죠? 관공서까지 대동하셨다면……."

손예은은 걱정스러운 듯 자신을 따라오는 차량들을 바라보았다.

저들은 식품처 단속반이다. 변질된 상품에 대한 판매 정보를 노형진이 제공했고, 당연히 그걸 단속하기 위해 움직인 것이다.

"이 바닥에 소문이라는 게 있으니까요. 그리고 이런 식품을 공급하는 곳은 기본적으로 개인 소매점이 아닙니다."

"네?"

"생각해 보세요. 개인 소매점에서 이렇게 유통기한이 지난 식품을 넘기겠습니까? 설사 넘긴다고 해도 이렇게 대량으로 먹이지는 못합니다."

"그건 그렇지요?"

"그러면 남은 곳은 한 곳뿐이죠. 바로 중간 유통 업체."

회사에서 상한 걸 넘겨줄 리는 없으니 결국 남은 것은 욕심이 난 중간 유통 업체뿐이다. 실제로도 그런 식으로 다시 떠넘긴 중간 유통 업체가 많아서 몇 번이나 뉴스에 나왔다.

"그런 전적이 있는 놈들을 좀 뒤져 봤지요. 이런 건 해 본 놈이 하기 마련이거든요."

"아하!"

"그래서 마침 의심이 가는 놈이 나왔습니다."

아예 해 보지 않은 사람은 무서워서 하지 못한다.

하지만 해 본 녀석들은 이게 짭짤하게 돈이 된다는 사실을 알고 있다. 그래서 절대 끊지 못한다.

"그리고 이 지역에는 한 녀석뿐이더군요."

애초에 합법적인 어린이집을 공격하는 데에는 한계가 있다. 하지만 그들의 불법을 아는 불법 업체를 공격하는 건 일도 아니다.

끼이익!

여러 대의 차량이 어떤 허름한 창고로 들어가자 그걸 멀뚱하게 보던 남자 한 명의 얼굴이 갑자기 창백해졌다.

'빙고.'

노형진이 차에서 내려서 다가가자 그는 다급하게 사무실 안쪽으로 들어가려고 했다.

"식약청에서 나왔습니다. 잠깐 창고 좀 봅시다."

하지만 그 전에 다른 사람들이 그의 앞을 가로막았다.

"창고요? 우리는 창고가 없는데요?"

"무슨 소리입니까, 지난번에도 보고 갔는데?"

"그게……."

남자가 당황하는 사이 안에서 한 남자가 나오더니 고개를 푹 숙이면서 인사했다.

"아이고, 오셨습니까, 선생님들?"

"아, 네."

"크흠……."

곤란한 얼굴이 되는 사람들.

노형진은 그걸 보고 대충 상황이 이해가 갔다.

'지난달에도 왔다라……. 그런데 몰랐다? 뻔하군.'

이들은 나름의 커넥션이 있다는 소리였다.

"쉽지 않을 것 같네요."

손예은조차 그걸 보고 얼굴을 찌푸리면서 중얼거렸다. 딱 봐도 공무원과 한패라는 느낌이 강렬하게 났기 때문이다.

"일단은 두고 보지요."

노형진은 조용히 기대하면서 그들의 뒤로 따라붙었다.

"쿵…… 창고 좀 봅시다. 여기에 계신 변호사님이 고발하셔서요."

그는 사장을 보면서 마치 눈치를 주듯이 노형진을 소개했다. 노형진은 씩 웃으면서 그를 바라보았다.

"노형진입니다."

"아이고, 이야기는 많이 들었습니다. 이리 오시죠. 당연히 물건을 보여 드려야지요."

천연덕스럽게 말하는 사장.

노형진과 공무원들은 창고로 들어가서 주변을 살폈다.

"보시다시피 온도도 적정 온도를 지키고 있고, 물건도 정상적인 물건들입니다. 제가 이상한 짓을 할 리 없지요, 하하하."

노형진의 얼굴을 보면서 말하는 꼬라지를 보니 아무래도 노형진에 대해 아는 모양이다.

'그렇겠지.'

노형진은 사장이라는 남자의 얼굴을 보고 피식 웃었다.

'너만 장사 하루 이틀 해 보냐?'

이런 업체들은 보통 일종의 커넥션이 있다. 단순히 단속을 받지 않는 정도를 넘어서, 누군가 찔러 넣으면 내부에서 누군가 단속이 나올 거라는 걸 미리 알려 주는 것이다.

'딱 봐도 그러네.'

지나치게 정갈하게 정리된 내부.

중간 규모 정도로 상당히 큰 업체임에도 불구하고 상당히 많이 비어 있는 냉장 창고 등, 의심할 만한 게 한두 개가 아니었다.

"거봐요. 별거 없구먼."

같이 온 식약청 직원은 툴툴거리면서 돌아가려는 의사를 명확하게 했다. 그러나 노형진의 입장에서는 그냥 갈 수는 없는 노릇.

"그러면 제가 좀 둘러봐도 될까요?"

"네?"

"제가 둘러보는 데 문제가 될 거 있습니까?"

"그건 아닙니다만."

사장은 살짝 얼굴을 찡그리다가 일단은 뒤로 물러났다. '네가 어쩔 거냐?'라는 얼굴이었다.

"흠……."

노형진은 바깥으로 나와서 주변을 스윽 살폈다.

아무것도 없는 공간. 이상한 점이라고는 없는 주변.

'사무실에도 특이 사항은 없고.'

노형진은 주변을 돌다가 아까 입구에서 마주친 직원을 만났다.

"여기서 뭐 하십니까?"

"담배 피우는데요."

그 직원은 그렇게 말하면서도 끊임없이 눈동자를 굴리고 있었다. 사장과는 확연하게 다른 모습.

'새로 온 사람인가 보군.'

사장이야 한두 번 해 본 게 아니고 공무원들도 자기편이니까 느긋하게 그러는 모양이지만, 이 직원은 그런 걸 모르고 또 새로 온 듯했다.

"그래요? 그런데 담배가 보이지 않습니다?"

"아, 다 피웠으니 이제 들어가려고요."

정작 담배를 피우러 온 사람에게 담배가 없는 상황.

노형진은 그를 보면서 그의 시선을 따라갔다.

그 직원은 한쪽을 끊임없이 힐끔거렸다.

'이건 뭐, 기억을 읽을 필요도 없구먼.'

애초에 이번 접근 목적은 그의 기억을 읽어서 어디에 유통기한이 지난 식품이 있는지를 확인하는 것이었다. 그런데 그는 불안감에 끊임없이 그쪽을 살피려고 해서 읽을 필요도 없었다.

"알겠습니다."

노형진이 그의 시선이 향하는 쪽으로 가려고 하자 갑자기 노형진의 앞을 가로막는 사장.

"자, 자! 그만하시고 어디 들어가서 따뜻한 차라도 한잔하시죠."

"이제 슬슬 더워지는데 무슨 따뜻한 차입니까?"

"그러면 제가 시원하게 한잔 쏠 테니까 같이 가시죠."

노형진은 앞을 가로막는 사장을 보고는 자신이 제대로 가고 있다는 사실을 알아차렸다.

"일단 이쪽을 좀 둘러보고요."

"그만 가시죠. 시원한 거 한잔 마시고……."

심지어 공무원도 막는 걸 보고 노형진은 진지한 얼굴로 그를 바라보았다.

"이대로 신고하면 됩니까?"

"뭐라고요?"

"제가 주변을 확인하려고 하는데 확인은커녕 사장이 접대하는 음식물을 취식하려고 하는 것에 대해 위에 보고하려고요. 그거 뇌물 수수 아닙니까?"

공무원의 얼굴이 사정없이 일그러졌다.

약간 애매한 상황이기는 하지만 위에 들려서 좋을 게 없는 말이니까.

노형진이 그들을 무시하고 한 걸음 더 앞으로 나가자 사장이 갑자기 돌변했다. 그리고 버럭 화를 냈다.

"아나, 진짜 경찰 불러야겠습니까?"

"이거, 공무 집행입니다. 경찰 불러 봐야 의미가 없어요."

"흥, 공무 집행은 공무원들의 이야기지, 당신은 공무원도 아니잖아!"

아예 반말로 나오는 사장.

노형진은 직감적으로 자신이 예민한 곳에 가까이 왔다는 사실을 알았다.

"그렇지요."

하지만 사장의 말은 맞다.

엄밀하게 말하면 공무원은 저쪽에 있는 사람들이다. 그러나 딱 봐도 그들은 그다지 사실을 확인하고 싶은 생각이 없어 보였다.

즉, 그들이 하지 않는다고 하면 업무방해가 성립되지 않는다.

'보자 보자 하니까.'

노형진은 그걸 보고 기가 막혔다.

카르텔이 있을 거라 생각은 했지만 이렇게 노골적일 줄은 몰랐던 것이다.

'그렇게 나오시겠다?'

노형진은 피식 웃었다.

경찰이 마법의 주문이라면 자신도 잘 아는 마법의 주문이 있다.

"경찰 부르세요."

"뭐라고?"

"경찰 부르시라고요. 뭐 하십니까? 경찰 부르세요."

노형진이 강하게 나오자 움찔하는 사장.

"뭐 하십니까? 경찰 불러. 번호 몰라? 경찰 부르라고. 그 잘난 경찰이 얼마나 널 지켜 주는지 한번 보자고. 경찰 불러, 씨발!"

노형진의 언성이 점점 높아지다가 급기야 욕설까지 나오자 끼어드는 공무원들.

"이봐요, 아무리 민원인이라고 하지만……."

"경찰 불러. 뭐 해? 경찰이 무슨 마법의 주문이야? 경찰도 관리했냐? 엉? 내가 봐서는 경찰은 관리하지 않았을 것 같은데."

"관리라니, 무슨……."

공무원들은 어이가 없어 했지만 다음 말에 얼굴이 새파랗게 질렸다.

"경찰 불러! 내가 불러 줄까? 경찰이 와야 감사 팀을 부르지, 안 그래? 경찰 불러! 어떤 놈이 더 높을 것 같아? 엉?"

사장과 공무원들은 어쩔 줄 몰랐다.

사실 사장도 식약청 공무원들에게 적당한 뇌물을 주기는 했지만 경찰까지 관리하지는 않았다. 그렇지만 일단 경찰이 오면 식약청 공무원들이 자신을 편들어 줄 거라 생각했다.

하지만 감사 팀이 뜨면 이야기가 달라진다.

감사 팀은 사장이 아닌 공무원을 노리는 자들이니 그들의 입장에서는 집요하게 사장을 편들어 주는 공무원이 의심스러울 수밖에 없다.

"경찰 불러! 아니다, 내가 부를게."

"진정하세요. 진정…… 진정."

공무원들은 다급하게 노형진을 말리려고 했다.

하지만 노형진은 이미 핸드폰을 꺼내 들고 있었기에 어쩔 수 없이 그의 핸드폰을 빼앗아야만 했다.

"뭐 하는 짓거리야!"

"진정하시고……."

"진정? 내가 진정하게 생겼어!"

딱 봐도 여기서 무슨 일이 벌어지는지 식약청 공무원들은 알고 있다. 그런데 방치했다는 건, 그들이 뇌물을 받았다는 이야기밖에 되지 않는다.

"내놔라."

"아니…… 그건 저기……."

"내놓으라고! 공무원이 언제부터 민원인 핸드폰을 빼앗아? 이거 불법 아냐?"

공무원들은 얼굴이 사색이 되었다. 상대방이 변호사라는 걸 잊어버리고 있었던 것이다.

"진정하시고……."

"진정? 진정 같은 소리 하고 자빠졌네."

노형진은 피식 웃었다.

저들이 저렇게 다급하게 자신을 말리고 핸드폰까지 빼앗는다는 건 자신이 정곡을 찔렀다는 뜻이 되기 때문이다.

"안 내놔?"

"진정하시고……."

"진정? 좋아, 진정하지."

노형진은 심호흡하고는 다시 주머니에 손을 넣었다.

그리고 그 안에서 나온 걸 본 사람들의 얼굴은 이제 아예 창백하게 질렸다.

"요즘 핸드폰 두 개는 기본 아냐?"

노형진을 비롯해서 전문직에 있는 사람들, 특히 업무상 전화를 많이 해야 하는 사람들은 핸드폰을 두 개씩 가지고 다닌다. 하나는 개인용, 하나는 업무용.

저들이 가지고 간 것은 업무용이니 그에게는 아직 개인용 핸드폰이 있었다.

"이거 빼앗아 가면 폭행이다. 알지?"

아까는 창졸간에 빼앗겼지만 이번에는 노형진이 저항할 테고 그걸 빼앗기 위해서는 결국 폭력을 행사해야만 한다.

그리고 어떤 쪽이든 이들은 좆 되었다는 걸 느끼고 있었다.

"여보세요. 경찰이죠?"

노형진은 잔인하게 그들을 비웃으면서 112에 전화를 걸었다.

⚖️

"으으."

사장은 얼굴이 창백해졌다. 아까와는 다른 모습.

그럴 수밖에 없는 게, 경찰과 감사 팀까지 와서 자신을 바라보고 있었기 때문이다.

"이 사람들, 절취 현행범으로 체포하세요."

"어…… 저기요…….."

"안 할 겁니까?"

경찰은 어쩔 수 없이 공무원들을 바라보았다.

"체포 영장이 없는데요."

애써 그들을 편들어 주는 경찰.

그들이라고 할지라도 감사 팀이 있는데 일을 하지 않을 수는 없었다.

"그러면 정식으로 고소할 거니까 사전 청취나 하세요."

노형진 역시 그 부분은 이해해 주고 사장을 바라보았다.

"그래서 계속 살피면 되죠."

"그게……."

사장은 속으로 씨발 씨발 하면서 주변을 살폈다. 자신이 막을 수 있는 한계 이상으로 일이 커진 것이다.

"길을 막으면 공무집행방해죄로 체포합니다."

결국 경찰까지 나서서 그를 밀어내자 어쩔 수 없이 구석으로 피하는 사장.

노형진은 그를 스치고 지나가서 뒤쪽으로 향했다.

거기에는 제법 커다란 창고가 있었는데, 그곳을 열자 여러 가지 잡다한 물건들이 잔뜩 쌓인 것이 보였다.

"거봐요."

"별거 없잖습니까? 왜 일을 키우고 그래요?"

노형진은 순간 당황했다.

분명 여기에 뭔가가 있어야 했다. 저들의 반응도 그렇고 사장의 모습도 그렇고. 그런데 보이는 게 없었다.

'뭐지?'

이번에는 노형진이 당황하자 갑자기 얼굴이 환해지는 사장.

'씨발…….'

분명 노형진이 무언가 알 거라 생각했는데 실제로는 모른다는 걸 알아채고 안도하는 게 분명했다.

"별거 없는데요?"

감사 팀까지 뭐라고 하자 노형진이 곤란해졌다. 일을 크게 키웠는데 이건 생각하지도 못한 상황이었던 것이다.

"아무리 변호사님이라고 하지만 이런 식이면 곤란합니다."

노형진에게 한 소리 하는 사장.

노형진은 이를 빠드득 갈다가 문득 바닥을 바라보았다. 그러다가 고개를 갸웃했다.

'뭐야, 이건?'

바닥에 제법 많이 보이는 작은 점들.

바닥에 깔려 있는 송판 위에 있는 점들은 무척이나 부자연스러웠기 때문에 노형진은 쭈그리고 그걸 바라보았다.

"뭐 합니까?"

경찰 한 명이 어리둥절하게 물었지만 노형진은 그걸 보다가 돌연 미소를 띠었다.

'바구미라…….'

바구미란 벌레의 한 종류로, 딱딱한 외피를 뚫고 들어가서 내부를 파먹는 습성이 있다. 그리고 가장 흔하게 볼 수 있는 게 바로 쌀바구미다. 오래되고 품질이 나쁜 쌀이 제대로 관리되지 않으면 생기는 벌레.

'가득하네. 가득해.'

사방에 쌀바구미의 시체와 똥이었다. 심지어 살아서 움직이는 놈들도 있었다.

상황이 이렇다면 의미하는 건 단 하나.

"잠시만요."

"뭡니까?"

"좀 기다려 보세요."

노형진은 건물 바깥으로 나갔다가 다시 안으로 들어왔다. 그리고 피식 웃으면서 벽에 쌓여 있는 부자재들을 바라보았다.

"이런 이런, 제법 오래된 물건들 같은데 먼지 하나 없이 깔끔하네요."

노형진의 말에 갑자기 얼굴이 다시 하얗게 질리는 사장.

노형진이 벽에 쌓여 있는 물건들을 이리저리 치우자 잠시 후 숨겨진 작은 문이 나타났다.

"이런 데에 벽이 있네요?"

"아니, 그건 안 쓰는 물건을 쓰는……."

"안 쓰는 물건을 쓴다?"

노형진은 피식 웃으면서 얇은 판자로 된 문에 손을 올렸다. 그 순간 거기서 느껴지는 서늘한 느낌.

"안 쓰는 물건이 뭔지 참 궁금합니다."

노형진은 그 문을 벌컥 열었다. 그러자 그 안에서 풍기는 서늘한 기운.

그걸 본 사람들 중 사장과 식약청 공무원들은 얼굴이 사색이 되었고, 경찰들은 얼굴을 찌푸렸다.

"이건 해도 해도 너무하네."

경찰조차 그렇게 말할 정도로 내부는 엉망이었다.

다급하게 쌓아 올린 수많은 식품들. 그중에서 냉동식품들이 풍기는 냉기가 그 원인이었다.

문제는 식품들이 녹으면서 생긴 물에 쌀들이 젖어서 썩고 있었다는 것이다.

"이건 정부미 같은데, 이거 어디서 구했습니까?"

노형진은 퀴퀴한 냄새가 나는 쌀을 가리키며 사장을 보자, 그는 절망적인 얼굴이 되었다.

⚖

"인간적으로 너무하군."

유민택이 얼굴을 찡그릴 정도로 거기에 있는 식품들의 상태는 좋지 않았다. 유통기한이 지난 것은 기본이었고, 이제 막 썩기 시작한 물건도 있었다.

정부미 같은 경우 무려 4년이나 지난 쌀이라 바구미가 바글바글할 정도였다.

"경찰도 화를 내더군요."

"그렇겠지. 자기 자식이 먹는 건데."

결국 그 남자에게는 압수 수색이 시작됐고, 모든 계좌를 추적당했다. 그 결과, 무려 서른 곳이나 되는 어린이집과 연결되어 있었다.

이게 언론에 나가면서 안 그래도 양심선언 때문에 불리한 한국어린이집연합회의 입장에서는 시위할 만한 당위성조차 잃어버렸다.

"결국 일부 비양심적인 사람들의 돈 욕심이 문제인 겁니다."

미래가 아닌 돈을 본다.

이런 썩어 가는 물건은 팔지도 못하니 어떻게든 싸게 넘기려고 하는 것이다. 가지고 있어 봐야 재고 처리비만 더 나오니까.

문제는 이 때문에 아이들이나 대량 급식하는 곳에서 문제가 발생한다는 것.

"대대적으로 단속하기는 하는 모양입니다만."

그곳의 상황이 발각된 것과 선생님들이 양심선언을 한 덕분에 다시 단속하기는 하지만 사실 의미는 없었다.

"3년이나 갈까요?"

"너무 부정적인 거 아닌가?"

"회장님은 대한민국 국민의 국민성을 믿으십니까?"

"끄응……."

안 봐도 뻔하다.

지금이야 이슈가 돼서 시끄럽지만 장담하는데 저 인간은 1년 미만의 형량을 받을 테고, 그마저도 집행유예일 가능성이 높다. 그 후에 나오면 바지 사장을 앞세워서 똑같은 짓을 할 것이다.

"한두 번 그런 게 아니잖습니까?"

"그건 그렇지."

대한민국에서 이런 범죄는 무척이나 가볍게 처리하니까.

"그러니 대룡의 어린이집에 그렇게 사람이 몰리는 거지요."

"하아, 안 그래도 그 문제 때문에 고민일세. 전에도 말했다시피 자리가 없어."

너무 사람이 많다. 대기자도 많고 말이다.

더군다나 노형진 덕분에 이런 일까지 찾아내는 바람에 외부에서 회원권이 웃돈을 받고 거래되는 기현상까지 벌어지고 있었다.

"이 이상은 늘리는 데에 한계가 있거든."

"그런가요?"

"그래, 우리가 애초에 돈을 목적으로 한 게 아니지 않은가?"

대룡이 어린이집에 끼어든 이유는 간단하다. 미래의 고객층에 어필하기 위해서다.

하지만 그런 것치고는 너무 일이 커졌다.

"더 늘려 달라는데…… 한계가 있어."

"흠……."

무작정 늘릴 수 있는 게 아니다 보니 대룡으로서는 곤란한 일이다.

"그러면 다른 사람들을 흡수하는 건 어떨까요?"

"흡수?"

"선의의 피해자란 있기 마련이니까요."

"선의의 피해자?"

"네, 전에 보셨다시피 시위도 두 개 조직으로 나뉘어서 하고 있지요."

"뭐, 그렇게 볼 수 있더군."

돈 많은 사람들과 돈 없는 사람들은 시위는 같이할지언정 딱 선을 그어서 움직이고 있었다. 손예은 변호사가 봤듯이 그들은 아예 도시락부터가 달랐다.

"사실 이게 문제가 되기는 했지만, 순전히 애정으로 멀쩡하게 운영하는 분들이 더 많은 것도 사실입니다."

"그건 그렇지."

"하지만 그런 곳들은 영세하기 때문에 아이들에게 좋은 걸 못 해 준다는 게 함정이죠."

"충분히 이해하고 있네."

돈이 있는 자들은 욕심 때문에 아이들의 물건을 빼앗는다. 그에 반해 영세한 사람들은 기본적으로 규모가 작기 때문에 들어가는 돈이 많을 수밖에 없다.

"그들을 묶어서 하나의 거대 규모를 만드는 겁니다."

"규모의 경제학이군."

이것이 법이다

"네."

규모가 클수록 들어가는 돈은 적다. 그게 정설이다.

대기업이란 극단적으로 규모가 크다. 당연히 사업의 규모에 비해 들어가는 돈이 적다. 그래서 중소기업이 대기업을 못 이기는 것이다.

똑같은 물건을 만들어도 중소기업은 단가가 5만 원이고 대기업은 3만 5천 원인 셈이니까.

"이번 사건으로 이쪽에 정당성이 넘어왔으니 프랜차이즈를 만드는 겁니다."

"프랜차이즈라……."

유민택은 잠시 생각에 잠겼다.

피자나 치킨 프랜차이즈는 많이 봤지만 어린이집 프랜차이즈는 본 적이 없었기 때문이다.

하지만 생각해 보면 나쁜 건 아니다. 대량으로 물건을 사서 보내면 단가는 떨어진다. 행사도, 차량도 그렇다. 그리고 전문화된 운영 지원도 그렇다.

"좋은 생각이군."

유민택은 노형진의 말대로 프랜차이즈화하기로 마음먹었다.

⚖

"대룡어린이집 프랜차이즈인 잠룡은 여러분들에게 다음과

같은 지원을 해 드릴 것입니다."

노형진은 자신을 바라보는 사람들에게 차근차근 설명하기 시작했다.

"첫째, 식료품의 공급. 기존에 어린이집에서는 선생님들이 일일이 아이들의 음식을 만들어야 했습니다. 규모가 작다 보니 아무래도 따로 조리사를 둘 수 없기 때문이죠. 하지만 프랜차이즈에 가입하시면 반조리된 음식을 공급받을 수 있습니다. 간단한 조리만으로 아이들에게 건강한 음식을 먹일 수 있지요. 둘째, 체계화된 자원 지원 시스템. 어린이집에서 여러 가지 공작을 하려면 물건이 필요합니다. 그리고 그걸 공급하는 것은 어려운 일이지요. 하지만 대롱이 끼어들면 이야기가 달라집니다. 대표적인 요구르트 병으로 이야기해 볼까요?"

어린이집에서 가장 많이 쓰는 공작 도구는 요구르트 병이다. 문제는 그걸 다 부모가 보내야 한다는 것.

그래서 수십 개의 요구르트를 사서 그걸 다 마시고 보내는 경우도 흔하게 벌어진다.

"하지만 대롱에서는 그런 요구르트가 대량으로 소비됩니다. 간식으로 나갈 때도 있고, 중식이나 석식의 일부로 나갈 때도 있지요."

그걸 세척해서 재활용하는 건 어렵지 않다.

"세 번째는 어린이집에서 나오는 재활용 물품의 처리입니다."

그렇게 만든 물건은 다시 버려지게 된다. 문제는 그것도 돈이라는 것.

"하지만 대룡에서 그걸 수거해서 대량 처리 시설로 넘김으로써 쓰레기 처리 비용도 아낄 수 있지요."

그것 말고도 대룡에서 지원해 줄 수 있는 것은 무궁무진했다.

아이들의 정신 함양을 위해 마술 공연이 필요하다면 아예 계약직으로 마술사를 고용하면 가격은 5분의 1 수준으로 떨어진다. 차량 같은 경우는 대룡에서 행사 때 쓰는 차량들이 있으니 그걸 쓰면 된다.

"으음……."

"여러분들은 다만 프랜차이즈로서 대룡의 규정에 따라서 움직이면 되는 겁니다."

대룡이 요구하는 것은 열 명당 한 명의 선생님, 한 명 이상의 야간조 선생님 등등 상식적으로 필요하다고 인정되는 것들이다. 그리고 수익의 일부.

"말이 되는 소리를 해!"

모피 코트를 입은 여자가 소리를 버럭 질렀다. 자신이 어떻게 해서 올라온 자리인데 대룡에 넘겨준단 말인가?

가만히 있어도 매달 1천만 원이 넘게 들어오는 이 직업을 그녀는 빼앗길 수 없었다.

"우리가 요구하는 건 단 하나! 대룡의 철수야!"

"맞아!"

"대룡은 물러가라! 물러가라!"

언성을 높이는 사람들.

노형진은 그들을 보면서 혀를 끌끌 찼다.

'내 이럴 줄 알았지.'

저들은 지금 자신들의 밥그릇을 빼앗길까 봐 두려워서 저러는 것이다. 그들의 입장에서는 프랜차이즈로 넘어가게 되면 못해도 400만 원 이상은 대룡에 내야 하기 때문이다.

'하지만 이미 늦었거든.'

열성적으로 반대하며 목소리를 높이는 사람들이 있는 반면, 심각한 얼굴로 고민하는 사람들도 있었다.

'어린이집을 한 군데만 운영하는 원장들.'

그들은 언성을 높이는 사람들과 다르게 가진 어린이집이 한 곳뿐인 사람들이다. 수익의 일부를 내준다고 해도 양질의 음식과 체계적인 교육이 지원되는 대룡의 시스템이 구미가 당기지 않을 수가 없다.

"만일 우리가 거기에 가입하면 얼마나 내는 거죠?"

"순수익의 30%입니다."

"하지만 그건 너무 많은 거 아닌가요?"

"일견 그렇게 보일 수도 있습니다. 하지만 체계적인 지원을 생각해 보십시오. 사실 매달 행사를 위해 나가는 인건비만 해도 적지 않습니다. 안 그런가요?"

"흠……."

"더군다나 식품의 질도 좋아질 겁니다. 사실 순수익의 30%라고 하지만 일단 가입하셔서 지원받게 되면 식품비와 인건비가 확 줄어들 겁니다. 행사에 들어가는 돈도 줄어들겠지요. 그러면 순수익이 확 늘어나서, 실제로 내야 하는 비용은 수익의 15% 정도일 거라 생각합니다."

"15%……."

적지 않은 돈이다. 그렇지만 그만큼 일이 편해진다.

'사탕은 이쯤에서 그만 줘 볼까?'

사람에게 무조건 사탕만 주면 저들은 더 버틸 게 뻔하다. 한편으로는 채찍질을 해야 움직이는 것도 사실이다.

"만일 거절하시면 별수 없지요. 직영점이 들어가야지."

"직영점?"

움찔하는 사람들.

"안 그렇습니까? 우리는 국민의 편의를 위해 이 일을 하는 거니 돈이 되지 않는다고 무시할 수는 없지요. 만일 프랜차이즈를 만들 수 있는 여건이 안 된다면 직영점을 운영할 생각입니다."

사람들이 웅성거리기 시작했다.

직영점을 운영하게 되면 자신들이 어떻게 될지는 너무나도 뻔하다. 기본적으로 300만 원이라는 돈을 내야 회원권을 얻을 수 있긴 하지만 그 대신 양질의 교육을 보장받을 수 있는데, 과연 부모들이 어디로 갈지는 뻔한 일.

"그리고 각 원장은 1인당 한 개의 프랜차이즈만 가질 수 있습니다."

"뭐라고! 그게 무슨 개소리야!"

듣고 있던 사람들 중 가장 먼저 반응한 사람은 여러 개의 어린이집을 운영하는 사람들이었다.

"당연한 거 아닙니까? 원장은 어린이집의 책임자입니다. 그런 사람이 여러 개의 시설을 관리한다는 건 결과적으로 관심이 분산된다는 뜻이니 자연히 그 불이익은 아이들이 받게 됩니다."

"그러면 우리는……!"

"아니, 방금은 물러가라면서요?"

"너…… 이 새끼."

방금 전까지는 대룡보고 물러가라고 성화하던 부자 원장들은 갑작스러운 말에 다급해졌다. 만일 직영점이 들어오게 되면 자신들이 할 수 있는 것은 없기 때문이다.

"원하는 분들은 남아서 정식으로 상담하고 가시면 됩니다. 계약은 일주일 후에 진행됩니다."

"말도 안 되는 소리!"

"우리는 뭐 먹고살라고!"

언성을 높이는 그들.

하지만 그 반대되는 말이 다른 곳에서 튀어나왔다.

"욕심은 그만 좀 부리죠."

"뭐?"

"그 정도 돈 있으면 그만둬도 되잖아요."

생계형으로 어린이집을 하는 사람이었다.

그는 돈이 있다고 원장이랍시고 외제 차를 끌고 다니면서 리더 역할을 하던 그들이 마음에 들지 않았다.

"너 지금 퇴출되고 싶어?"

원장들은 언성을 높였다. 자신들에게 저항하면 찍어 내는 것이 정상이니까.

하지만 그다음 말에 사람들이 술렁거리기 시작했다.

"한국어린이집연합회는 관련이 없습니다."

"뭐라고?"

"당신들이 어린이집 원장을 찍어 낼 권한은 없단 말입니다. 진심으로 아이들을 사랑으로 대하실 분이 아니라면 원장을 하면 안 되죠."

"너…… 너 이 새끼, 공부 좀 했다고 어디서 훈계질이야!"

"훈계질이 아니라 기본적인 상식 아닙니까? 기본적으로 계약서에 조항도 들어갈 예정이구요."

"조항?"

"네, 한국어린이집연합회 소속 회원은 대롱의 프랜차이즈에 가입할 수 없습니다."

사람들은 입을 쩍 벌렸다.

'내가 바보냐?'

비양심적인 음식물을 팔던 녀석의 진술에 따르면 한국어린이집연합회가 이 일의 주범이라고 한다. 더군다나 그들에게 찍히면 아무것도 못 하고 쫓겨나기까지 한다고 한다.

'너희가 패악질하도록 놔둘 것 같아?'

노형진이 1인당 어린이집 숫자를 한 개로 둔 것에는 다 이유가 있다.

저들이 내부에 들어와서 세력을 만들게 된다면 분명히 대룡에 저항하려고 할 것이다. 그리고 그 피해는 당연히 대룡이 입게 된다.

"자, 어쩌실 겁니까?"

"너 이 새끼가 정말……!"

막 그들이 소리를 지르려는 찰나였다.

"어디로 가면 되나요?"

갑자기 몇몇 사람들이 벌떡 일어나더니 안내받는 곳을 물어봤다.

"배신자야!"

"배신이 아니라 상식이죠."

이미 운영진이라는 인간들의 패악질을 질리게 봐 온 사람들은 차라리 대룡의 그늘 아래로 들어가는 게 훨씬 나은 선택이라는 것을 직감적으로 느꼈다.

"당신들이야말로 우리한테 갑질 말고 해 준 게 뭐가 있는데요?"

"뭐라고!"

"운영위원이라고 우리를 무시하기만 하고 말이야."

저들은 매달 회비를 뜯어 가면서도 자신들보다 상전인 것처럼 굴었다. 그러다가 대체재가 나오자 그 불만이 터져 나오기 시작한 것이다.

"우리가 누군지 알아!"

"알죠, 회원이 없는 협회의 회장과 부회장."

"무슨 말도 안 되는…….'

하지만 그들은 아무런 말도 할 수가 없었다.

갑자기 회원들이 벌떡 일어나더니 한꺼번에 나가기 시작한 것이다.

"당신들끼리 적당히 물고 빨고 해 봐요."

양측은 서로 극단적으로 대립하기 시작했다. 그리고 결국 벌어져서는 안 되는 일까지 벌어지고 말았다.

"이년들이! 내가 누군지 알아!"

누군가 핸드백으로 상대방을 후려친 것이다.

"내가 위에다 전화하면 대룡이고 뭐가 다 망하게 할 수 있어!"

"사람을 쳐?"

"개 같은 년이 맞을 짓을 하잖아!"

"죽어라!"

싸움은 단순 말싸움을 넘어서 머리끄덩이 잡고 싸우는 상황까지 넘어갔고, 단상에 있던 노형진은 그들의 어리석음을 좋아해야 하나 싫어해야 하나 고민해야 했다.

⚖

"준비는 잘되어 간다고 하나?"

"네, 저항도 그다지 없고요."

기존에 있던 어린이집이 프랜차이즈 시스템 내부로 들어오는 것이라 크게 바뀌는 건 없었다. 선생님을 더 고용하는 정도와 2주 간격으로 체계화된 교육 프로그램이 제공되는 것 말고는 말이다.

결국 그날 멱살을 잡고 싸운 패거리는 완벽하게 둘로 나뉘었다. 기존 세력을 옹호하는 측과 프랜차이즈로 넘어오려는 측.

그 덕분에 도리어 일은 편해졌다. 상대방을 설득해서 막으려는 시도 자체가 사라졌기 때문이다.

"그나저나 왜 1인당 한 개로 선을 그은 건가? 프랜차이즈는 상관없지 않나?"

송정한은 그게 궁금했다. 프랜차이즈는 자신이 원하면 세 개든 네 개든 만들 수 있기 때문이다.

"기존 세력에 남은 인간들을 한번 보세요. 그들은 한번 패악질을 했던 인간입니다. 그들이 남은 이유도 거기서 자신이 차지했던 힘을 놓치기 싫어서 그런 겁니다. 만일 여러 개를 허용하면 그게 그들의 힘이 될 테고, 그들이 세력을 가지면 분명히 대룡에 어떻게든 영향력을 행사하려고 하겠지요."

"아아."

그들은 뭉쳐서 자신들에게 이익이 되는 방법을 찾으려고 할 것이다. 그러다 보면 그중에서 자신이 여러 개의 어린이집을 운영하고 있다는 점을 근거로 당연히 세력이 강하다고 생각하고 선동하는 인간도 나올 것이다.

"아이들에게 필요한 건 사랑과 관심이지, 세력질이 아닙니다."

"흠⋯⋯."

"애초에 사고 친 녀석들을 받아 주지 않는 게 나중에도 좋구요."

저런 인간들이 프랜차이즈를 한다고 해서 착해지지는 않는다. 당연히 다른 꼼수를 부려서 돈을 벌려고 할 것이다.

"이걸로 해결된 걸까?"

"글쎄요⋯⋯."

노형진은 무척이나 걱정스러운 마음이었다.

대룡의 힘을 빌려서 대한민국의 가장 큰 골칫거리 중 하나인 어린이집 문제를 해결하기는 했지만 그게 근본적인 해결책이 아님을 알고 있기 때문이다.

'머리 아프다, 진짜.'

노형진은 고개를 절레절레 흔들 수밖에 없었다.

"하지만 일단 국민들의 절대적 지지를 받고 있으니 이 사업이 망하지는 않을 겁니다."

"그렇겠지."

송정한은 고개를 끄덕거렸다.

노형진의 말대로 어린이집은 지금 자리가 없어서 난리다. 따라서 그들 또한 잠깐은 버틸 수 있을지도 모른다.

'하지만 얼마 후에 인구가 급감하는 시기가 온다.'

그때 그곳이 버틸 가능성은 별로 없다.

물론 그들이 정신을 차리고 양질의 서비스를 제공한다면 버티는 걸 넘어서 이길 수 있을지도 모른다.

'하지만 그럴 리 없지.'

그럴 녀석들이라면 벌써 좋은 서비스를 제공했을 테니까.

가끔 그들은 자신들이 '서비스업'이라는 것을 망각하는 경우가 있다. 하지만 아무리 자리가 부족해도 결국 '서비스업'일 뿐이다, 국민의 지지가 없으면 망하는.

"그나저나 오늘 신입들이 오는 날이군."

"그런가요?"

"그러네. 몰랐나? 올해는 한 스무 명 정도 된다더군."

"많네요?"

새론은 사원 복지도 빵빵하고 월급도 많은 편이다. 다만 업무량이 많은 게 문제.

그래서 쉽게 생각하고 왔다가 나가는 사람도 많은 편이었다.

"기존에 일하던 시스템에 익숙한 사람들은 영 적응하지 못

하더군."

"그렇겠지요."

다른 변호사 사무실에서는 이 정도로 많은 일을 시키지 않는다.

물론 살인적인 업무량이라고 할 정도는 아니지만 그래도 상당히 여유롭게 업무를 해 오던 사람들은 적응하지 못하고 다른 곳으로 가는 것이다.

"일단 가서 인사나 해 보겠나?"

"그러지요."

노형진은 송정한과 함께 그들이 입사 교육을 받고 있는 회의실로 향했다.

"아이구, 반갑습니다. 여기 대표로 재직하고 있는 송정한이라고 합니다. 이쪽은 우리 회사에서 제일 유명한 변호사인 노형진 변호사입니다. 여러분도 알죠? 하하하."

웃는 송정한.

"반갑습니다. 노형……."

노형진은 인사하다가 입을 쩍 벌렸다. 거기에 자신이 아는 사람이 서 있었기 때문이다.

"안녕? 히히히."

웃으면서 손을 흔드는 사람은 다름 아닌 손채림이었다.

노형진은 그녀를 보고 혼이 나간 듯 멍하니 서 있을 수밖에 없었다.

꽃뱀은 진짜 뱀이 아니다

"자네랑 아는 사이였나?"

"네, 아는 사입니다."

"안 좋은 관계는 아니지?"

"그건 아닙니다만…… 도대체 여기에 왜 온 겁니까?"

"온 게 아니고 우리가 뽑은 거지."

"허…….."

노형진은 나중에 송정한으로부터 사정을 듣고 놀랄 수밖에 없었다.

"법적인 지식도 충분하고 사회 경험도 많고 더군다나 3개 국어를 하는 재원 아닌가? 당연히 잡는 게 좋지."

"3개 국어요?"

"영어랑 독일어를 자유자재로 하던데?"

"그건 2개 국어인데요?"

"한국어가 있지 않나?"

"아…….."

하긴, 이해가 간다.

애초에 자신을 이기게 하려고 손채림의 아버지가 법 공부를 시켰으니 적성에 맞지 않았다고 해도 상당한 실력인 건 당연할 테고, 또 잘사는 집이라 영어 교육도 제대로 받았다.

거기에다 집을 나간 후 독일에서 혼자 살려고 버둥거렸으니 독일어 역시 상당한 실력일 건 뻔한 일.

"왜, 불편한가?"

"제가 불편한 건 아닙니다만 그 아버지가 문제입니다."

"손하균 변호사 말인가?"

"네."

손하균은 자신을 싫어한다. 아니, 그 집안 전체가 이상하게 노형진을 싫어한다.

그런데 딸이 노형진과 같이 일한다? 그건 문제가 있다.

"알고 있네."

"그런데도 선발하신 겁니까?"

"설마 우리를 염탐하러 온 건 아닐 테고 말이야. 태양의 손하균 변호사가 미쳤다고 자기 딸을 염탐 보내겠나? 뭐, 집에서도 거의 의절했다고 하더군."

"그건 사실입니다만."

"그러면 상관없네. 우리에게 필요한 사람이니까."

"그런가요?"

"자네 팀을 만들어야 하지 않겠나?"

"제 팀요?"

"자네만 팀이 없지 않나?"

"그거야 그렇지요."

새론은 변호사 한 명을 기준으로 구성된 팀별로 사건을 진행하는 편이다. 그래서 사건에 대한 전문성을 높이고 사건 전반을 통찰하면서 분석하는 게 중요하다.

그런데 정작 그 형태를 구성한 노형진만 팀이 없다.

시도는 해 봤지만 다른 변호사들의 업무량보다 훨씬 많은데다가 들어오는 사건의 특성상 무척 고난이도다 보니 다들 질려서 나가 버렸던 것이다.

"그래서 제 팀으로 넣으시려고요?"

"안 그러면 우리 입장에서는 손채림 양의 스펙은 오버 스펙이 되어 버리지."

"끄응……."

"불편한 사이인가?"

"그건 아닙니다만……."

노형진은 왠지 어색한 느낌이 들었지만 이내 고개를 끄덕거렸다.

'하긴, 필요하기는 하다.'

그 역시 팀이 필요하다는 걸 알고 있다. 사건을 진행할 때 그를 도와주는 변호사 팀의 도움을 맡기도 했지만, 그의 팀이 아니라서 커뮤니케이션도 제대로 되지 않았을뿐더러 제대로 운영하기도 힘들었기 때문이다.

"일단은 손채림 양이 자네를 도와줄 걸세."

"다른 사람들은요? 팀이라고 한다면 두 명은 더 있어야 합니다만?"

팀은 크게 내근직과 외근직으로 나뉜다. 내근직은 말 그대로 내부에서 행정적 · 서류적 업무를 맡고 있고, 외근직은 변호사와 함께 현장에서 뛰면서 일 전반을 조율하는 업무를 맡고 있다.

"채림이는 내근할 성격은 못 됩니다만."

"그럴 것 같더군. 내근직도 선발했네."

"끄응."

아예 미리 구성되어 있다면 뭐라고 할 수는 없다. 더군다나 자신이 만든 시스템이 아닌가?

"점점 일이 많아질 걸세. 아니, 많아지고 있네. 자네 혼자 커버하는 데에는 한계가 있어. 불만도 많고."

"불만요?"

"작년에 그만둔 사람 대부분이 자네랑 같이 일했던 사람들일세. 업무량이 너무 많아."

노형진은 머쓱하게 머리를 긁었다.

하긴, 갑자기 처리하는 사건의 양도 늘고 난이도도 엄청나게 높아져 버렸으니 그들이 불만을 가질 수밖에 없다.

"결국 제가 팀을 꾸리는 수밖에 없는 셈이군요."

"그렇지."

송정한의 말에 노형진은 고개를 끄덕거렸다.

손채림이라면 일을 설렁설렁 하는 사람은 아니니까.

"알겠습니다."

"그런 의미에서 사건을 하나 맡아 줘야겠어."

"그런 의미에서라니요?"

"아무래도 드러나는 사건인지라 자네가 좀 나서 줘야 할 듯해. 우리가 최선을 다하고 있다는 이미지를 줘야 하거든."

"최선?"

노형진은 고개를 갸웃했다.

새론이 아무리 성장 중인 기업이라고 하지만 그 규모가 이제는 작지 않다. 그런데 그런 새론이 눈치를 봐야 한다는 게 이상했던 것이다.

"아, 눈치를 보는 게 아니라 언론에 관련된 일일세."

"언론이라…… 곤란하군요. 무슨 일인데요?"

"자네, 오성식이라고 아나?"

"오성식?"

노형진은 누군지 모르기 때문에 어깨를 으쓱했다.

"남자 가수일세. 요즘 한창 잘나가는 팔라딘이라는 그룹의 가수지."

"모릅니다."

노형진은 어지간한 걸 다 기억한다. 사건을 많이 맡아서 연예계 쪽 사건도 해결할 줄 안다.

하지만 정작 연예계와 관련된 가십이나 이름은 특별한 경우가 아니면 기억하지 못한다. 하물며 남자로 태어나서 여자 걸 그룹을 덕질하는 마당에 남자 그룹 따위에 관심을 가질 이유는 없다.

"덕은 다른 쪽에 관심을 가지지 않는 법입니다."

"허허, 참."

피식 웃은 송정한은 사건을 간단하게 설명해 줬다.

"오성식은 팔라딘이라는 그룹의 보컬이네. 그리고 리더이기도 하지."

"그런데요?"

"강간으로 고소당했네."

"강간이라……. 남자 측은 뻔하겠네요. 사귀는 사이다, 또는 합의에 의한 관계다. 둘 중 하나군요."

이건 추론이고 뭐고, 둘 중 하나밖에 답이 없으니까.

아니면 강간한 게 맞다고 인정하는 건데, 그게 맞다면 이쪽으로 사건이 넘어올 리가 없다.

"전자일세."

"전자?"

"그래."

"그 녀석, 나이가 얼만데요?"

"스물네 살."

"어리군요."

"자네랑 그리 차이가 나지 않네만?"

"그런가요? 하하하."

"하긴, 보통 어린 나이기는 하지."

"네, 어린 나이죠. 저만 이상한 겁니다, 저만."

"그건 잘 아는구먼."

어린 나이에 데뷔, 그 후에 이어지는 인기.

문제는 대부분의 연습생들이 일반적인 삶과는 거리가 있는 인생을 살면서 이런 경우 어떻게 행동해야 하는지 모른다는 것이다.

"자기 좋다고 매달리는 여자한테 걸린 거군요."

"그래, 물론 여자 쪽은 지인이라고 주장하지만."

"거참."

노형진은 입맛을 다셨다.

강간 사건이 많은 것도 사실이지만 반대로 소위 '꽃뱀'이라고 불리는 사건도 많은 것도 사실이다.

대한민국에서 성 관련 사건이 벌어지면 대부분의 경우 경찰은 여자 편을 든다. 확실한 증거가 없거나 여자에게 유리하게 해석할 수 있는 증거인 경우가 대부분이기 때문이다.

가령 정액이 있다면 강간의 증거가 될 수도 있지만 반대로 합의하의 관계라는 증거도 될 수 있다. 그러나 강간으로 고소되는 순간 그건 강간의 증거로 확정된다.

"그래서 다른 사람들은 뭐라고 하던가요?"

"그 애는 그럴 애가 아니다, 뭐 그런 거지."

"하등 도움이 되지 않는 말이군요."

일단 사건이 터지면 들어가는 탄원서들.

대부분 그럴 애가 아니다, 한 번만 용서해 달라는 식의 말도 안 되는 주장이 가능하기 때문에 탄원서는 들어가 봐야 도움도 되지 않는다.

"만일 이걸 제대로 한다면 상당한 이슈가 되겠군요."

"그래서 자네한테 부탁하는 거야."

"이거, 조리돌림 끝난 것 같은데."

"아니야. 한창 조리돌림 중일세."

노형진은 살짝 얼굴을 찡그렸다.

조리돌림이란 집단이 어떤 사회에나 있는, 개인을 괴롭히는 행위다. 문제는 그게 다 불법이라는 것.

특히 권력이 있는 집단이 조리돌림에 나서면 그때부터는 일이 곤란해진다. 그리고 지금 오성식은 분명히 여성 단체의 주도하에 언론과 인터넷으로 조리돌림당하고 있는 게 분명했다.

이것이법이다

"일단은 한번 가 봐야겠네요."

첫 번째 팀 사건. 노형진은 그 사건을 일단 시작해 보기로
했다.

⚖

"생각보다 좋네?"

"이게 생각보다 좋은 거야?"

노형진은 허름한 빌라를 보면서 어이가 없다는 듯 손채림
을 바라보았다.

"이 정도면 아주 훌륭하지, 뭘."

"너희 집, 부자잖아?"

"그거랑 살 만한 집에서 사는 거랑 무슨 관계가 있어?"

"아니다……."

도대체 독일에서 어떤 집에서 살았는지 묻고 싶었지만 노
형진은 차마 물어보지 못하고 숙소로 올라갔다.

무태식 변호사는 그런 둘을 보면서 피식 웃었다.

"친해 보이십니다, 으하하하."

"아, 동창이라서요. 같이 일하게 될 거라 생각은 못 했지만."

"세상이라는 게 그런 거 아닙니까?"

"하긴, 무태식 변호사님이 민시아 변호사님이랑 결혼할 거
라고는 누구도 생각도 못 했습니다. 완전 미녀와 야수잖아요."

"그러니까 결혼한 겁니다. 용기 있는 자만이 미녀를 차지한다는 말, 모르십니까?"

"그건 인정하는데 도대체 언제 사귀신 건지 참…….'"

누구도 모르는 상황에서 갑자기 터진 민시아 변호사와 무태식 변호사의 결혼. 다들 어이가 없어서 고개를 절레절레 흔들었던 사건이었다.

"작전을 잘 짜야지요, 으하하! 노 변호사님도 잘해 보세요."

마지막 말은 슬쩍 노형진의 귀에 대고 작게 말하는 무태식.

노형진은 그의 말에 약간 어색하게 웃으면서 숙소로 들어갔다.

"반갑습니다. 노형진입니다."

"팔라딘의 매니저 황보수입니다."

노형진은 매니저와 일하다가 그 옆에 있는 사람을 보고 한심스러운 생각이 들었다.

'이 사람이구먼, 쯧쯧.'

일단 의뢰받아서 사진을 찾아보기는 했는데 딱 봐도 그가 강간범일 가능성은 없어 보였다.

이건 기억을 읽을 가치조차 없어 보였다. 얼굴이 콧물과 눈물로 범벅이 되어 있었기 때문이다.

'어이가 없네, 이거.'

사람이 범죄를 저지르기 위해서는 어느 정도 깡이라는 게 있어야 한다. 하물며 단순 절도도 그런데, 강간의 경우는 사회적으로 무척이나 문제가 되는 범죄다. 말 그대로 인생이 박살 날 각오를 해야 할 수 있는 범죄인 것이다.

'그런데 저 얼굴이 강간범의 얼굴은 아닌데?'

이건 외모의 문제가 아닌 감정의 문제다.

만일 진짜 강간범이라면 얼굴에 짜증이나 후회의 감정이 드러나야 한다. 뻔뻔한 놈이라면 짜증 내는 게, 멋모르고 한 거라면 후회하는 게 정상이다. 그런데 오성식의 얼굴에 가득 한 감정은 공포였다.

'저런 심성으로 강간을 해? 말도 안 되는 소리지.'

물론 자신을 철저하게 속일 수 있을지도 모른다. 하지만 그럴 이유가 없다. 자신은 변호사고, 그의 편을 들어 줘야 하 니까.

"이쪽은 오성식입니다, 하아."

매니저는 질질 짜고 있는 오성식을 한번 보더니 한숨을 쉬 면서 소개해 줬다.

"이쪽은 무태식 변호사님입니다. 저와 함께 일하실 겁니 다. 이쪽은 손채림 씨입니다. 이번 사건에서 주요 업무를 중 재해 주실 분입니다."

"그런가요?"

"아무래도 우리 회사는 시스템이 좀 독특하거든요."

사람이 생각보다 많자 약간 곤란해하던 황보수는 고개를 끄덕거렸다.

"일단 사건은 우리가 사전에 말씀드린 대로입니다. 교제한다고 만난 것까지는 좋은데, 이 녀석이 사고를 친 것 같습니다."

"형! 사고를 치다니요! 전 억울하다니까요! 전 진짜로 손끝 하나 건드리지 않았다고요!"

"야, 인마. 지금 그 말이 나와? 정액까지 나온 판국에?"

황보수는 짜증스럽게 말했다.

"너 말이야, 아무리 그래도 조심은 해야 할 거 아냐! 사장님이 뭐라고 했어! 넌 아직 누구 만날 때 아니라고 했지?"

"아, 진짜…… 억울한데…….."

"억울? 넌 억울하겠지만 난 환장하겠다. 우리가 너희한테 투자한 돈이 얼만데 효선인지 뭔지 하는 여자 때문에 그 돈 다 날리게 된 우리는 환장하지 않겠느냐고."

티격태격하는 두 사람을 노형진은 일단 진정시켰다.

"자, 자. 진정하시고 일단은 사건에 집중하죠. 그러니까 피해자라는 소성애 씨는 자신이 강간당했다고 주장하는 거죠?"

"네."

"전 강간하지 않았다니까요!"

"그게 지금 먹히느냐고! 증거가 다 나왔는데!"

"아나……."

"자, 자, 진정하시고."

노형진은 매니저인 황보수가 길길이 날뛰는 걸 이해할 수 있었다.

소성애에게서 오성식의 정액이 나온 데다가 여기저기 강간의 흔적인 듯한 몸싸움의 흔적까지 보였기 때문이다.

"이걸 어떻게 설명할 거냐고!"

"나랑 헤어질 때는 멀쩡했어요!"

"지금 그게 말이라고……. 아니, 데이트하던 증거라도 있으면 내가 말을 안 해."

"……."

노형진은 고개를 갸웃했다.

"사귀는 사이라면서요? 그런데 증거가 없어요?"

"네……."

"허……."

사귀는 사이는 보통 자기들끼리 주고받은 톡이나 사진 등이 있기 마련이다. 그런데 그런 게 없다는 소리는 여기서 처음 들었다.

"아무래도 신분이 신분이다 보니……."

"스캔들을 피하려고 한 겁니까?"

"네."

오성식은 한창 잘나가는 그룹의 멤버이자 리더이다. 당연히 스캔들이 터지면 여러모로 곤란해진다. 그래서 철저하게 사람의 눈을 조심하면서 데이트했다고 한다.

"그래서 사귀었다고 증명할 만한 게 하나도 없다고요? 아무리 연예인이라지만……."

"스캔들이……."

"그래도 개인적인 사진이나 톡이나, 하다못해 문자라도 있을 거 아닙니까?"

"그게…… 핸드폰이 고장 나서 수리하면서 초기화돼서……."

"허……."

하필이면 그런 것도 다 날아가 버렸단다.

"혹시 다른 곳에 업로드했다거나……."

"그랬다가 새어 나가면 곤란해서……."

노형진은 자신도 모르게 지끈거리는 머리를 부여잡았다.

'아주 제대로 걸리셨네.'

이쪽은 아무런 증거도 없는 상황에서 저쪽은 정액에, 상해를 입은 진단서까지 제출했다.

"한 가지만 묻겠습니다. 소성애가 강간당했다고 한 그 시간에 관계하기는 했습니까?"

"……."

하지만 확답하지 않고 눈을 데굴데굴 굴리는 오성식.

노형진은 그런 그에게 따끔하게 말했다.

"변호사들을 믿지 않으면 누굴 믿으실 건데요? 해결하기 싫어요? 해결하시려면 사실을 말해 주셔야 합니다."

"그게…… 하기는 했습니다."

'최악이군.'

그러면 시간까지 저쪽 편이다. 시간이 맞지 않으면 그거라도 추적해 볼 수도 있지만 말이다.

"어디서 했는데요?"

"그게, 그 여자 집에서……."

"하아."

혹시나 모텔이나 호텔이라면 투숙 기록으로 싸워 볼 수라도 있다. 기본적으로 투숙객의 정보를 저장하는 데다가 카메라로 현장을 찍으니까.

그런데 상대방 집이란다.

"완전 제대로 걸렸는데요?"

무태식마저 혀를 내두를 정도로 완벽하게 걸려든 상황.

"도대체 어쩌다가……."

황보수는 한숨만 푹 쉬었다.

"도대체 얼마나 만난 사이십니까?"

"한두 달 정도……."

"이상한 점은?"

"못 느꼈어요."

"쩝……."

사실 느꼈다고 하면 그게 이상한 거다.

흘러가는 상황을 봐서는 아무래도 저쪽이 꽃뱀일 가능성이 높다. 일반인의 경우도 이상한 점을 느끼기 힘든 게 그들의 행동인데 그걸 느꼈을 리 없다.

"그래서요?"

"그냥…… 어쩌다 보니 자연스럽게……."

사실 사귀는 사이의 남녀가 관계를 가지는 것이 비정상적인 것은 아니다. 지금이 조선 시대도 아니고, 소위 말하는 성적 자기 결정권이 인정되는 시대이기 때문이다.

'문제는 그걸 가지고 함정을 판다는 거지.'

강간하는 놈들도 나쁜 놈들이지만, 그걸 이용해서 남자들을 뜯어먹는 여자들도 나쁜 놈들이다.

"알겠습니다. 우리가 좀 알아보지요."

아무것도 없는 상황에서 시작된 변론.

노형진은 그저 한숨을 쉬며 앞날을 걱정할 뿐이었다.

"어…… 이 번호는 완전 엉뚱한 건데?"

"뭐?"

노형진은 손채림의 말에 자신의 귀를 의심했다.

그나마 가능성이 있는 것은 전화번호다. 통화했다면 당연히 그 기록이 남기 때문이다.

그런데 그 기록을 받아 가지고 온 손채림의 말에 노형진은 말 그대로 숨이 턱 막혔다.

"이거, 핸드폰 번호 주인이 여든 먹은 할아버지인데? 제주도 살아."

이것이법이다

"진짜야?"

"내가 왜 거짓말을 하겠어?"

손채림의 말에 잽싸게 기록을 읽어 보는 노형진.

손채림의 말대로 상대방은 전혀 엉뚱한 사람이었다.

"젠장…… 핸드폰마저 대포폰인 거야?"

이러면 상대방을 특정할 수 있는 방법이 없다.

상대방은 오성식을 강간범으로 특정할 수 있는데 정작 오성식은 소성애를 여자 친구라고 말할 수 있는 증거가 전혀 없는 것이다.

"그 집은?"

"그 집은 소성애 집이 맞아."

"젠장…… 상대방, 완전 프로인데?"

소성애가 준비한 함정은 치밀했다.

아무리 봐도 일반적인 공략법으로는 벗어날 수 없을 정도로 치밀한 함정.

"도대체 어디부터 공략해야 할지 막막하네."

교제를 증명할 자료는 아무것도 없는데 집은 그 여자의 집이 맞다.

더군다나 오성식이 그 집에 갈 이유가 없다. 소성애는 자신들이 서로 알고 지내는 지인이라고 주장하고 있기 때문이다.

"무태식 변호사님은 뭐래?"

"글쎄…… 무태식 변호사님도 여러모로 고민 중이기는 한데 이쪽에서 내밀 증거가 워낙 없으니까."

"만일 꽃뱀이라면 미리 준비한 거라는 거지?"

"그렇지. 그리고 내가 봐서는 이건 치밀하게 준비한 사람이 한 거야."

"흠."

손채림은 고개를 갸웃했다.

"그러면 이상한데?"

"뭐가?"

"네 말이 맞는다면 한 가지 맞지 않는 부분이 생기잖아?"

"어떤 부분?"

"일단 꽃뱀 노릇을 하려고 한다면 만나야 정상 아냐?"

"그렇지?"

"그런데 그건 어디서 만난 거야?"

"응?"

노형진은 고개를 갸웃했다.

"아니, 그렇잖아. 내가 뭐, 이런 사건을 많이 본 건 아니지만 그래도 남자와 여자가 만나야 하는 게 정상 아냐? 그런데 내가 공부할 때 보면 술집에서 만나는 게 보통이거든."

노형진은 멍했다.

그러고 보니 자신들이 추적하지 않은 부분이 있었다. 바로 만남.

"그 둘이 만났다면 그쪽에 흔적이 있지 않을까?"

"흠······."

노형진은 고개를 끄덕거렸다.

"일단 내가 그쪽으로 알아봐야겠네."

"난 다른 쪽으로 좀 알아볼게. 걸리는 게 있거든."

"걸리는 거?"

"숙소 말이야."

"응?"

"그거 내가 무심결에 인터넷에서 쳐 봤거든."

"그런데?"

"광고가 뜨던데?"

"광고?"

노형진은 그 말이 무슨 뜻인가 하고 그곳을 인터넷으로 찾아봤다.

사건이 벌어진 현장은 오피스텔. 그러니 광고가 뜨는 것이 이상하지는 않다.

그럼에도 불구하고 손채림이 그 이야기를 한다는 것은 그녀가 보기에는 뭔가 이상하다는 소리였다.

"거기 봐 봐. 이상하지?"

"뭐가?"

"이 오피스텔 말이야. 단기 임대 형식으로 빌려주는 곳이야. 세상에 어떤 여자가 단기 임대 오피스텔에서 살아?"

"그게 무슨 문제인데?"

그 광고의 문제점을 이해하지 못한 노형진은 어깨를 으쓱했다. 그러자 손채림은 어이가 없다는 듯 고개를 절레절레 흔들었다.

"넌 세를 살아 본 적이 없지?"

"당연히……."

없다. 월세는 살아 본 적이 없다.

회귀 전에는 전세로 한번 살아 본 게 다였고, 변호사가 된 후에는 대출이 잘되니 돈을 빌려서 아파트에서 살았다. 그러니 이게 문제가 뭔지 몰랐다.

"기본적으로 월세는 보증금하고 반비례한다고, 이 화상아. 월세가 쌀수록 보증금은 비싸."

"그거야 알지."

그건 상식적으로 누구나 아는 사실이다. 그러나 노형진은 그게 왜 문제가 되는지 이해할 수가 없었다.

"너 같으면 단기 임대에 수천만 원짜리 보증금을 넣겠냐?"

"응?"

생각해 보니 그렇다.

세상에 단기 임대주택에 수천만 원짜리 보증금을 넣는 사람은 없다. 반대로 말하면 이곳은 월세가 무척이나 비싸다는 소리다.

"애초에 여기에 살 사람이라면 이렇게 비싼 돈을 주고 안 산다고."

"보증금이 없어서 그럴 수도 있잖아?"

"차라리 대출을 받아서 그 이자를 내는 게 훨씬 더 남을걸."

"흠……."

노형진이 생각하지 못했던 사건의 현장인 숙소.

노형진은 그 말을 듣고 나니 이상하다는 생각이 들었다.

보통 이런 경우 그다지 현장에 신경을 쓰지 않는다. 말 그대로 현장이라는 의미일 뿐이니까.

"네 생각에는 치밀하게 준비된 거라며?"

"그렇겠지."

그렇다면 당연히 숙소 역시 준비되어 있어야 한다는 소리다.

"일단은…… 그곳에 가서 한번 알아봐야겠군."

노형진은 직감적으로 그곳이 이번 사건의 중요한 포인트가 될 거라는 것을 느끼고 있었다.

⚖

"방을 빌리려고 하는데요."

사무실에 있던 남자는 힐끗 노형진과 손채림을 바라보았다. 그리고 천연덕스럽게 물었다.

"몇 개?"

"네?"

"몇 개나 빌릴 거냐고."

노형진은 순간 당황했다.

세상에 방이 무슨 물건도 아니고, 한꺼번에 빌리는 사람이 있다는 소리는 들어 본 적이 없기 때문이다.

"네 개요."

노형진이 아차 하는 순간 손채림은 천연덕스럽게 대답했고, 노형진은 그제야 왜 그런 질문을 했는지 알아차렸다.

'변종 성매매 업소.'

이곳은 오피스텔이다.

공식적으로 오피스텔은 숙소의 개념이지만 다른 한편으로는 '오피'라 불리는 변종 성매매 업소의 이름이기도 하다. 만일 방을 한꺼번에 빌리는 거라면 그 이유 말고는 없다.

"방 하나에 보증금 300에 월 130."

"헐."

손채림은 비싼 가격에 어이가 없어서 입을 쩍 벌렸다.

보증금은 둘째치고, 월 130만 원이면 같은 지역 동급 오피스텔과 무려 두 배나 차이가 나는 셈이다.

물론 보증금이 터무니없이 낮기는 하지만 말이다.

일반적으로 이 지역 오피스텔의 보증금은 8천만 원선.

"에어컨, 냉장고, 세탁기, 텔레비전까지 풀 옵션이니까 깎을 생각은 하지 마."

"아, 그런가요?"

노형진은 저쪽이 무슨 착각을 하는지 알아채고는 천연덕

스럽게 나가기로 했다.

　아마도 옆에 여자를 끼고 방을 구하러 온 걸 보고 그쪽 사람으로 생각한 모양이다.

　"그나저나 여기에 업소가 몇 개예요?"

　"그건 알아서 뭐 하게?"

　"에이, 괜히 불똥 튈까 봐 그러지요."

　"얼마 안 돼. 두 개."

　'그게 얼마 안 되는 거냐?'

　방 네 개만 빌린다고 해도 두 개면 무려 여덟 곳의 성매매 업소가 있는 판국이다.

　"안 빌리려면 말든가."

　노형진은 대충 상황이 이해가 갔다.

　성매매 업소는 치고 빠지기가 쉬워야 한다. 한자리에서 오래 장사한다는 건 그만큼 단속에 걸리기 쉽다는 뜻이기도 하다.

　현행법상 당장 방 하나만 옆방으로 바꿔도 그곳을 다시 단속하기 위해서는 처음부터 수사해야 한다. 당연히 영장도 처음부터 다시 받아야 한다.

　'그러니 보통 그런 곳은 단기 임대를 선호하지.'

　차라리 돈 얼마 내고 단기 임대를 하는 것이 그들에게는 유리하다. 돈 몇십만 원 아끼겠다고 2년짜리 계약을 하면 단속당할 확률은 어마어마해지기 마련이니까.

　"이 건물은 장기 계약도 하나요?"

"안 해."

시큰둥하게 말하는 관리인.

노형진은 손채림의 의심이 확신으로 변하는 것을 느꼈다.

피해자인, 아니 피해자라고 주장하는 소성애가 정상적인 사람이라면 여기를 임대할 이유가 없다. 대출을 받거나 주변에 이곳보다 훨씬 싼 원룸을 구하는 방법도 있기 때문이다.

"잠깐 생각 좀 해 볼게요."

"생각이고 자시고, 이 근방에 단기 임대는 여기뿐이야."

관리인의 말을 귓등으로 흘리면서 나온 노형진은 손채림을 바라보면서 물었다.

"어떻게 생각해?"

"글쎄다. 나는 이런 쪽에 대해서는 잘 모르는데?"

"퍽이나."

물론 일반적인 여자라면 잘 모르는 게 정상이다. 하지만 그녀는 아버지 때문에 변호사가 되기 위해 강제로 법을 공부했다. 취향에 맞지 않아서 결국 포기했지만 말이다.

"뭐, 변종 성매매 업소인 건 맞고. 그 여자 직업이 뭐라고 했지?"

"어, 내레이터 모델."

"내레이터라……. 그게 그거지? 개업한 업소에서 춤춰 주는 거."

"응."

"그러면 상당히 비싼 가격인데?"

내레이터 모델은 그다지 많이 받는 직종이 아니다. 그런데 한 달에 130만 원짜리 방이라면, 아무리 잘 번다고 해도 수입의 절반 이상이 숙박비로 나가는 셈이다.

"내가 그 사람이라면 절대 안 빌리지."

"그러면?"

"다른 누군가가 빌려줬다는 게 맞지 않을까? 애초에 계획적으로 접근한 것이라고 하면 솔직히 그 여자 혼자서 저지른 것 같지는 않아. 결정적으로 상해 흔적을 제출했는데, 여자 스스로 그런 상처를 만들지는 못하거든."

손채림의 의견에 노형진 역시 고개를 끄덕거렸다.

일단 이런 곳을 빌리고 그러는 것까지는 소성애가 할 수 있겠지만 그녀 혼자서 상해 흔적을 만들 수는 없다.

"뒤에 누가 있다는 소리군."

"그렇지?"

다른 건 몰라도 그건 확실하다.

세상의 그 누가 여자 얼굴과 몸에 상처를 내 달라는 부탁을 들어주겠는가?

"그러면 이곳도 그 사람이 빌렸을 가능성이 높군."

"그럴 가능성이 높지."

오성식이 함정에 빠지고 나면 그곳에서 오래 살 이유는 없다. 그렇다고 수천만 원씩 보증금을 걸고 2년을 버틸 수는 없는 노릇.

"이쪽을 파고들어 봐야겠군."

노형진은 살짝 눈을 찡그렸다.

"현금?"

"네."

노형진은 고문학에게 그곳을 파 달라고 부탁했다. 자신의
얼굴을 관리인이 알기 때문이다.

아무래도 불법이 벌어지는 곳인 만큼 두 번 가서 물어보면
의심할 게 뻔하니까.

그래서 고문학은 노형진이 부탁한 기록을 파고든 것인데,
그로 인해 노형진은 생각지도 못한 말을 들었다.

"사건이 벌어진 곳을 소성애 이름으로 빌린 것은 맞습니
다. 그것도 현금이라고 하더군요."

"그래요?"

'계좌 이체로 빌린 거라면 그 배후에 누가 있는지 알 수 있
었을 텐데.'라는 생각에 노형진은 안타까웠다. 자신이 노린
것은 계좌였기 때문이다.

하지만 아예 소득이 없는 것은 아니었다.

"계좌 정보는 얻지 못했지만 그 당시 왔던 사람이 남자라

는 증언은 얻어 냈습니다."

"남자요?"

"네, 남자가 두 달 전 그곳을 계약하고 그곳을 사용했다고 합니다."

"그래요? 카메라가 있습니까?"

"애석하게도……."

"그렇겠지요."

대놓고 성매매 업소를 받는 그곳에 CCTV가 있을 리 없다. 말 그대로 헛된 기대였다.

'그것도 감안했겠지.'

상대방이 제출한 증거 내역에는 집에 들어가는 장면을 찍은 기록은 없다. 즉, 애초에 카메라가 없었다는 소리다.

"그런데 재미있는 소리를 하더군요."

"네? 어떤 소리를?"

"여자는 자주 오는 편이 아니었답니다."

"자주 오는 편이 아니었다고요?"

"네."

노형진은 멍하니 고문학을 바라보았다.

그의 머릿속에서는 순식간에 한 가지 그림이 완성되어 갔다.

"역시 이쪽으로 방향을 잡기를 잘했군요."

그곳이 이번 계획을 위해 준비된 장소라면 진짜 소성애가 사는 곳은 아니라는 소리가 된다.

즉, 소성애가 사는 곳은 따로 있으니 그곳을 털다 보면 이 사건의 주범이 나올 가능성이 높다.

"일단 소성애의 주소지는 그 오피스텔로 되어 있지만 사건 이후에 오지 않았다고 합니다."

일반적으로 현장에 가고 싶어 하지 않는 것이 정상이기는 하다. 그러나 그건 어디까지나 일반적인 경우다.

"거기를 내놓는다는 말도 없었지요?"

"네."

만일 진짜 강간이었고 그곳에 가고 싶지 않았다면, 당장 방을 빼겠다는 소리를 했어야 했다. 그런데 그러지 않았다는 건…….

"그 여자, 다른 곳에 집이 있을 겁니다."

비록 주소지는 아니지만 진짜 집은 다른 곳이라는 소리다. 노형진은 주먹을 꽉 쥐었다. 드디어 흔적을 잡은 것이다.

⚖

"정상이 아닌데?"

"네가 봐도 그러냐?"

"응."

손채림은 쇼핑을 하는 소성애를 보고 이상하다는 듯 고개를 갸웃했다.

"아니, 강간당한 여자 맞아?"

소성애의 흔적을 찾는 것은 쉬운 일이 아니었다. 그 사건 이후에 경찰에 신고하고 완벽하게 잠수를 탔기 때문이다.

주소로 등재된 곳은 사건 현장이고 그곳이 진짜 주소가 아닌 것은 진즉에 밝혀진 사실. 그녀를 찾아낸 곳은 다름 아닌 시내의 다른 오피스텔이었다.

"도대체 어디가 강간당한 여자라는 거야? 경찰서에서 질 질 짜던 그 여자 맞아?"

손채림은 기가 막히다는 소성애를 바라보았다.

그럴 수밖에 없는 게, 그녀의 양손은 짐으로 가득했기 때문이다.

물론 사람이 살기 위해서는 먹고 마시고 해야 한다. 강간의 피해자라고 해서 쇼핑하지 말라는 법은 없다.

"하지만 저건 아니지."

그녀의 손에 들려 있는 수많은 종이 쇼핑백들.

그건 평범한 마트나 백화점의 쇼핑 가방이 아닌 특정 브랜드, 그것도 상당히 고가 브랜드의 가방들이었다.

"세상에 어떤 여자가 강간당했는데 웃으면서 명품 쇼핑을 하냐?"

심지어 여자인 손채림조차 이해하지 못한다는 얼굴로 그쪽을 바라볼 정도로, 그녀의 얼굴에는 행복이 넘쳐 보였다.

"난 도무지 이해가 안 가네."

"흠…… 쇼핑으로 정신적 안정을 찾으려는 것 아닐까?"

노형진의 입장에서는 그렇게 생각할 수밖에 없었다.

그런데 손채림의 입장에서는 그건 말도 안 되는 것이었다.

"그것도 어느 정도지. 저 여자의 손에 들린 양이면 얼마 정도 되는지 알아?"

"글쎄."

"1천만 원이 넘는다고."

"1천만 원이 넘어?"

"그래, 저기 보이는 구진파넬 쇼핑백은, 저 정도 크기의 종이 쇼핑백에 들어가는 건 가방뿐인데 그 가방 가격이 최소 350만 원이야."

"헐."

"그것뿐만이 아니라고."

그녀가 가진 쇼핑백의 종류는 여러 가지였고 그 쇼핑백마다 명품 브랜드 이름이 다 달랐다.

노형진은 손채림의 이야기를 듣고 나서야 과거에 있었던 인터넷의 우스갯소리가 생각났다.

─진품인지 알기 위해서는 쇼핑백을 확인하라.

이게 무슨 소리냐 하면, 선물을 받았을 때 진품의 경우 자기네 매장 브랜드가 박혀 있는 종이 가방에 담아 주기 때문이다.

이런 종이 가방은 따로 만들지 않기 때문에 짝퉁은 그런 데에 담아서 주지 못한다. 그래서 진짜인지 확인하는 방법으로 그런 방법이 이용된다는 우스갯소리였다.

"저 여자가 저걸 한꺼번에 들고 다닌다는 건 그걸 한꺼번에 샀다는 건데, 말이나 돼?"

물론 상대적으로 싼 가격의 물건이 있을 수는 있다.

하지만 그건 어디까지나 상대적으로 싼 가격이다.

일반적으로 저 나이의 20대 여성이 사기에 터무니없이 비싼 가격인 것은 당연한 일.

"저거 하나당 200만 잡아도 1,200만 원이거든!"

명품 브랜드에 대해 손채림만큼 잘 아는 사람은 없을 것이다. 그녀의 집은 무척이나 잘살았고, 손채림의 어머니는 명품을 끼고 살았다고 하니 말이다.

"합의금을 벌써 준 거야?"

"그럴 리가."

변호사까지 낀 상황에서 자신들끼리 합의가 이루어졌을리 없다. 설사 이루어졌다고 하더라도 당연히 변호사에게 알렸을 것이다.

"그럼 말이 안 되잖아?"

노형진은 그 여자를 보면서 고개를 갸웃했다.

강간당했다고 말하는 여자의 행동치고는 말도 안 되는 행동인 데다가 그녀가 발견된 장소 또한 이상했다. 다른 곳도 아닌 명품가라니.

'이러니 못 찾지.'

어떻게든 합의를 보려고 오성식은 그녀를 찾기 위해 백방으로 노력했다. 그런데 그녀를 찾지 못했다.

생각해 보면 당연하다. 강간당했다는 여자가 명품가에서 쇼핑하고 다닐 거라고, 누가 생각이나 했겠는가?

"이상한 여자이기는 하네."

"그리고 의심스럽고 말이지."

노형진은 의심이 확신으로 변해 가고 있음을 느꼈다.

그리고 확신에 못을 박는 일은 그녀를 따라간 집에서 벌어졌다.

"얼마요?"

"4,500에 120."

"지금 이 오피스텔 가격이 그렇다는 겁니까?"

"그렇다니까요."

그녀가 어떤 집으로 짐을 가지고 들어간 것을 확인한 노형진과 손채림은 바로 그곳에 대해 알아보려고 했다. 그런데 그곳의 경비원이 해 준 말은 기가 막혀서 말이 안 나올 지경이었다.

"이 오피스텔이 그렇게 비싸요?"

"네. 그럼 서울 강남 한복판에 있는 오피스텔이 싸겠어요?"

오피스텔 가격이 무려 보증금 4,500만 원에 월세 120만 원. 사건을 위해 빌렸다는 그곳보다 훨씬 비싼 가격.

'이건 말이 안 되잖아?'

사건을 저지르기 위해 범죄 현장을 잠시 빌린 거라 생각한 노형진이다. 그곳의 터무니없는 가격에 냄새가 난다고 생각했다.

그런데 정작 그녀가 살고 있는 곳은 그곳보다 훨씬 더 비싼 가격을 자랑하고 있었다.

"숙박용이 아닌 최고급이라서 비싸요."

심지어 히죽거리면서 말하는 경비원.

노형진은 왠지 정신이 멍해지는 느낌이었다. 자신이 기존에 알던 것과는 너무나 다른 상황.

"혹시 이 오피스텔에 사는 사람들이 누군지 아세요?"

손채림은 고개를 갸웃하면서 물었다.

자신조차 이런 곳에 살아 보지 못했다. 아니, 살 수가 없었다. 그 정도 재산이 있는 집이라면 여자를 그렇게 쉽게 내보내지 않을 테니까.

"글쎄요."

그런데 웃는 경비원의 미소가 왠지 어색하다는 걸 느낀 노형진은 슬쩍 그에게 다가갔다.

"어차피 누구한테 말했는지 알려질 것도 아니지 않습니까?"

슬쩍 경비원의 주머니에 만 원짜리 몇 장을 찔러 넣는 노형진.

이 오피스텔에 사는 사람이 부자라고 해서 그 건물에서 일하는 사람도 부자라는 법은 없기 때문이다.

"크흠…… 이러면 곤란한데."

그는 주변을 스윽 둘러봤다.

사실 어떤 개인 정보를 원하는 것도 아니고 입주민들이 어떤 타입인지 알려 주는 거야 중요한 비밀이라고 할 수도 없다. 그래서 그렇게 쉽게 이야기한 것인데, 그 말에 노형진은 멍해졌다.

"이 건물에 사는 여자들 대부분 나가요 애들이에요."

"나가요?"

손채림은 그 단어가 뭔지 몰라서 고개를 갸웃했지만, 노형진은 뒤통수를 크게 맞은 느낌이었다.

나가요? 그래, 나가

　"나가요는 좀 오래된 말인데, 화류계에서 일하는 여자들을 표현하는 말이야."

　"헐."

　"그 경비원이 나이가 있으니 '나가요'라는 단어를 쓰는 게 이상한 건 아니지."

　나가요 걸들. 화류계에서 일하는 여자들.

　정확하게는 2차, 즉 성매매까지 하는 애들을 뜻하는 은어다. 2차를 나간다고 해서 '나가요'라고 불리던 것이 은어로 굳어진 것이다.

　"그리고 그 아파트는 나가요들이 많이 사는 곳이라고 하니 이상하지……요?"

노형진은 어색하게 존댓말을 붙였다.

그럴 수밖에 없는 게, 대화 상대가 손채림이긴 하지만 장소가 공식적인 회의 석상이었기 때문이다. 다른 사람이 함께하는 경우도 있다 보니 일할 때는 서로 존대하기로 한 것이다.

"그러니까 나가요라는 게 몸을 파는 여자들이라는 거지……요?"

손채림조차 어색한 듯했지만 일단 존댓말을 했다.

"그렇지……요?"

"거참……."

듣고 있던 무태식은 얼굴을 살짝 찌푸렸다.

"그러면 그 여자 역시 나가요라고 봐야 할까요?"

"그럴 가능성이 높기는 합니다. 일반적으로 보증금 4,500만에 월 120만 원짜리 집이라면 일반 여성이 구할 수 있는 건 아니니까요."

심한 경우, 여성들의 일자리 임금이 120만 원 정도밖에 안되는 상황에서 그런 집에 살 수 있는 사람은 거의 없다.

"사실 그렇게 높게 형성된 것은 당연하다면 당연한 겁니다."

해당 오피스텔은 유흥가에서 무척이나 가깝다. 그리고 그 유흥가 주변에는 엄청난 가격으로 인해 주변에 숙소로 삼을 만한 곳이 별로 없다.

"아무래도 술집에서 일하는 사람들은 퇴근 후에 멀리 가는데 한계가 있지요."

이것이 법이다

그곳에서 술을 마신 다음에 멀리 가는 것은 무척이나 힘든 일이다. 그래서 가능하면 가까운 곳에 숙소를 구하려고 한다.

그리고 그렇게 2차를 나가는 여성의 경우라면 월 120 정도는 부담 없이 벌 수 있는 사람들이다.

"대충 상황이 이해가 가는군요."

그 여자가 따로 집을 구한 것도, 그리고 그렇게 돈을 펑펑 쓰면서 다니는 것도 말이다.

"하지만 이상하지 않습니까? 그렇게 잘 버는 사람이 꽃뱀 노릇을 하려고 할 이유가 없는데요?"

무태식은 이해가 가지 않았다.

그가 알기로는 그녀들은 보통 한 달에 1천만 원 넘게 번다. 우스갯소리처럼 하는 말로, 손님은 티코를 타고 나가고 아가씨는 벤츠를 타고 나가는 것이 이 바닥이다. 그런데 꽃뱀이라니?

"단위가 다르니까요."

"단위가 다르다?"

"오성식쯤 되는 급의 가수라고 하면 한 5억쯤 노리겠지요. 아무리 소성애가 나가요 걸이라고 해도 5억은 적은 돈이 아닙니다."

상식적으로 한 달에 1천만 원을 번다고 해도 숙소와 화장품 비용, 미용실 비용 등 나가는 돈을 다 빼고 나면 남는 돈은 600만 원 정도일 것이다. 그걸 다 모아도 1년에 7천 정도.

"그런데 5억이면, 7년 이상 모아야 하는 돈이 한 번에 들어오는 겁니다. 더군다나 인기 있는 시기는 한철이지요."

그걸 생각하면 10년 이상 해야 5억을 모을 수 있다는 소리다.

"하지만 연예인한테 한번 제대로 하고 나면 5억은 순식간이지요."

"음……."

대충 상황이 정리되기 시작했다. 모든 정황증거가 이 사건이 꽃뱀 사건이라고 말하고 있었다.

"하지만 이건 모두 정황증거일 뿐이지 않나요?"

손채림은 조심스럽게 말했다. 법을 좀 배웠다곤 하지만 전문가는 아니기 때문이다.

하지만 그녀의 말이 맞았다.

"일단 모두 정황증거일 뿐입니다. 설사 그 여자가 성매매를 하는 여성이라고 할지라도 강간은 전혀 다른 문제이지요."

성매매는 불법이지만, 그렇다고 해서 그 여자를 강간하는 것이 합법은 아니다. 성매매는 불법으로 처벌받겠지만 상대방의 동의가 없는 이상 상대방이 누구든 그건 강력 범죄다.

"그러니 뭐든 증거를 찾아야 합니다."

중요한 증거를 찾는 것. 꽃뱀이라는 증거를 찾는 것.

그게 가장 어려운 일이다.

"흠……."

"쉬운 일이 아닌데……."

다들 턱을 쓰다듬으면서 고민하기 시작했다.

사건마다 난이도가 있지만 상대방이 꽃뱀이라는 증거를 찾는 것이 제일 힘들다. 대부분의 경우 증거가 없기 때문이다.

"일단 신고를 넣어 볼까요?"

"글쎄요……. 아무래도 그런다고 해서 뭔가 바뀔 것 같지는 않은데요."

일반적으로 가장 많이 쓰이는 방법은 일단 경찰에 신고하는 것이다. 그 과정에서 정신적 압박을 받은 여자들이 실수하고 사실을 말하면 모든 진실은 드러난다.

"하지만 소성애가 그럴 것 같지는 않습니다. 일반인도 아니고 2차까지 나가는 타입의 여성이라면……."

그런 사람들은 경찰을 만나 본 경험이 있을 수밖에 없다.

설사 없다 하더라도 그쪽으로 주워들은 것은 무척이나 많다. 그렇다면 경찰이 압박한다고 한들 신경이나 쓸 것 같지 않다.

"재수 없으면 도리어 무고죄로 역습당할 수 있습니다."

"흠……."

"일반인이라면 모르지만 우리 의뢰인은 연예인입니다. 만일 무고까지 엮이면 이미지에 심각한 타격을 입을 겁니다."

물론 지금도 치명적인 타격을 입고 있다. 그런 상황에서 무고까지 엮여 버리면 반성할 줄도 모르는 놈으로 취급받을 것이다.

"그때는 재기는 물 건너갑니다."

"음⋯⋯."

실수는 할 수 있다. 하지만 반성하지 않는 것은 절대로 용서받을 수 없는 일 중 하나이다.

"그러니 고발은 확실한 증거가 나와야 할 수 있는 겁니다."

"하지만 아무런 증거도 없이 재판에 나갈 수는 없지 않은가?"

송정한은 걱정스럽게 말했다.

바로 다음 주면 재판이다. 현재까지 나와 있는 증거는 명확한 증거로서는 한계가 있다.

"이걸로 한번 낚아 봐야지요."

"낚아 본다?"

"네, 재판의 묘미는 낚시 아닙니까?"

아는 것처럼 몰아붙이는 것. 그걸 낚시라고 한다. 그리고 이번에는 상대방이 걸리는 것을 기대할 수밖에 없었다.

⚖️

"친애하는 재판장님, 피고인 오성식은 피해자 소성애를 ○○월 ○○일경, 자택에서 강간을 하고⋯⋯."

검사의 공격.

노형진은 검사의 공격을 들으면서 눈을 찡그렸다. 완벽하게 완성된 그물에 빠진 기분이었기 때문이다.

"보다시피 피해자 소성애의 질 내에서 오성식의 유전자가 검출되었으며, 피해자 소성애는 당일 바로 산부인과 병원으로 가서 정액을 채취하고 익일 경찰서에 강간으로 신고하였습니다. 오성식은 그 과정에서 피해자 소성애에게 무력을 행사하여…….."

사건만 봐서는 오성식이 강간했다는 것을 부정할 수 없는 상황.

기자들은 오성식의 몰락을 기대하면서 눈을 부라리고 있었고, 오성식은 완전히 절망적인 얼굴로 피고인 석에 앉아 있었다.

"이에 피고인에게 징역 5년을 구형하는 바입니다."

"헉!"

"징역 5년."

대한민국에서 징역 5년은 작은 형량이 아니다. 대부분의 경우 징역 3년 미만으로 나오는 게 강간이다. 그런데 초범이 징역 5년이란다.

'이슈 타고 싶은 거군.'

비릿한 미소를 보내는 검사를 보면서 노형진은 얼굴을 살짝 찡그렸다.

검사는 이번 기회에 올바르다는 이미지를 국민들에게 심어 주고 싶은 것이다. 그러면 나중에 자신에게 나쁜 것은 없으니까 말이다.

"피고인 측 변호인, 변론하세요."

검사의 변론을 다 들은 판사는 흥미로운 눈으로 노형진을 바라보았다.

   노형진은 왠지 불편한 감정을 감출 수가 없었다. 그럴 수밖에 없는 게, 그 시선은 판사의 시선이 아니라 원숭이가 얼마나 재롱을 떠는지 보고 싶어 하는 관광객의 시선이었기 때문이다.

   '이놈이나 저놈이나.'

   사실 이건 누가 봐도 너무나 명확한 증거로 가득한 사건이다.

   정액에서 유전자가 나왔고, 상해도 나왔으며, 또한 증인도 있다. 그에 반해 이쪽은 사귀었다는 증거도, 만나는 걸 본 증인도 없는 상황.

   "피고인 측 변호인, 변론 안 합니까?"

   판사의 다그침에 노형진은 어쩔 수 없이 자리에서 일어났다. 마음 같아서는 충분한 변론 자료가 있으면 좋겠지만 자신조차 그걸 구하지 못했다.

   "재판장님, 이번 사건에서 피고인은 피해자인 소성애와 합의하에 관계를 가졌습니다. 해당 주택 문은 비밀번호로 잠겨 있었고, 그걸 열 수 있는 것은 오로지 피해자 소성애뿐이었습니다. 즉, 피고인은 피해자 소성애의 초대를 받아서 집으로 들어갔던 것입니다."

   노형진이 변론을 시작하자 여기저기서 들리는 비웃음.

   "거봐, 별수 없다니까."

"이건 끝났네."

"천하의 노형진도 별수 없구먼."

그들은 취재하기 위해 온 기자들이었다. 그들은 노형진이 하는 변론이 너무나 뻔하다는 생각에 키득거린 것이다.

'젠장.'

노형진은 왠지 속이 쓰렸다.

지금까지 한 번도 이런 경우가 없었다. 하지만 이번에는 명확한 증거라고는 아무것도 없다.

'그렇다고 내가 기억을 읽을 수 있다고 할 수도 없고.'

설사 한다고 한들 그걸 믿어 줄 리 없다.

"그러니까 피고인 측 변호인은 성관계가 소성애 측과 합의하에 이루어진 관계다 이겁니까?"

"그렇습니다."

"그건 다른 사건에서 주장하는 것과 똑같은데요? 다른 증거나 증인은 없습니까?"

"그게……."

노형진은 이쯤에서 그녀가 있는 주소를 까발릴까 생각했다. 하지만 결국 그러지 못했다.

'해 봐야 헛소리 취급이겠지.'

그곳의 입주민에 대해 말한 사람은 경비원이다. 그의 발언은 결코 공신력이 있지 않다.

설사 사람들이 그걸 믿는다고 해도 같은 건물에 술집 종업

원이 많이 사는 것과 그녀가 술집 종업원이라는 이야기는 전혀 다르다.

만일 그런 소리를 하면, 재수 없으면 모욕한다는 소리부터 나올 것이다.

'그냥 까발릴 수도 없고.'

피고인이 공인이다 보니 말 한마디라도 조심해야 한다. 지금 여기서 변호사가 하는 말 한마디가 피고인의 미래의 이미지가 되기 때문이다.

"그 증거는 현재 조사 중입니다."

"조사 중요? 제가 알기로는 피해자가 꽃뱀이라는 증거는 전혀 없고, 고발도 아직 들어오지 않았을 텐데요?"

"그것에 대해서는 조사 중입니다."

"조사가 아니라 조작이겠지요."

"네?"

노형진은 어리둥절했다. 자신들이 무슨 조작을 한단 말인가?

그런데 그다음 말은 노형진이 당황하지 않을 수 없는 말이었다.

"재미있는 제보가 들어왔습니다. 피고인 측 변호사들이 이번 사건의 피해자인 소성애 씨를 꽃뱀으로 몰기 위해 소성애 씨를 성매매를 하는 여성으로 조작하려 한다는 제보가요."

노형진은 너무 놀라서 아무런 말도 하지 못하고 입을 쩍 벌릴 수밖에 없었다. 심지어 함께 있던 무태식조차 생각하지도 못한 상황에 어쩔 줄 몰라서 패닉에 빠졌다.

"재판장님, 이번 사건은 선량한 피해자를 구하기 위해 사회가 나서야 하는 사건입니다. 그런데 돈이 있다는 이유로 피해자를 성매매범으로 조작하는 것은 사회적으로 용인되지 않는 행동입니다."

"그게 무슨 말도 안 되는 소리입니까! 조작이라니요! 우리가 왜 조작한단 말입니까!"

노형진은 격하게 분노했다. 하지만 이미 기자들은 떡밥을 물어서 눈에 불이 들어온 상황이었다.

"그게 사실인가요?"

"그 제보가 사실입니까!"

"그 제보가 어디서 들어온 건가요?"

기자들을 바라보면서 검사는 승리의 미소를 지었다.

"수사 중인 사건이라 자세한 내용은 밝힐 수는 없습니다. 하지만 이번 사건에 대하여, 새론쯤 되는 변호사 단체가 그러한 부도덕한 행위를 한다는 것에 심히 실망을 금치 못하겠습니다."

노형진은 그제야 검사가 왜 그렇게 자신 있는 모습으로 등장했는지 알 수 있었다.

그들은 자신들이 어떻게 움직이는지 알고 있었던 것이다. 그리고 그게 얼마나 치명적인지도 말이다.

저쪽에서 먼저 조작이라고 발표한 이상, 이쪽에서 발표해 봐야 사람들은 조작으로 받아들일 것이다. 그리고 이런 경우 법적인 처벌을 받는 데 무척이나 불이익이 가해진다. 실제로 징역 5년 이상이 나올 수 있게 되는 것이다.

"이번 사건은 이 세상의 모든 여성을 구하기 위한 싸움입니다. 거대한 권력을 가지고 있다고 해서 용서받아서는 절대로 안 됩니다."

마치 승리자처럼 외치는 검사를 보면서 노형진이 할 수 있는 거라고는 이를 빠드득 가는 것뿐이었다.

쾅!

노형진은 책상을 부서져라 내리쳤다.

"이게 어떻게 된 겁니까!"

새론 내부의 정보는 절대로 바깥으로 나가지 못한다. 나갈 수가 없다.

그런데 새어 나갔다, 그것도 기자도 아닌 상대방 검사에게. 이건 누군가 아주 노리고 찔러 넣었다는 뜻이다.

"우리가 지금까지 조사한 모든 게 헛수고가 되었습니다."

"나도 모르겠네. 도대체 어디서 새어 나간 건지……."

보안에 관해서는 각별하게 신경을 써 온 노형진이다.

사람들의 기억을 읽는 것은 기본이고 고가의 탐지기까지

동원해서 내부에 혹시 모를 감청이나 도청 장비도 탐지했다.

심지어 외부에서 진동으로 음성을 녹음할 수 있다는 말에 회의실의 창문을 두꺼운 커튼으로 둘러치기까지 했다.

"이건 단순하게 나간 게 아닙니다. 누군지 모르지만 우리의 움직임을 정확하게 알고 있어요."

만일 단순히 나간 거라면 피해자라고 주장하는 소성애의 진짜 집을 찾기 위해 노력하는 정도로 알 것이다.

하지만 검사는 노형진이 그녀가 술집 아가씨라는 걸 알아낸 것까지 알고 있었고, 그 진실을 막기 위해 미리 조작이라는 말을 터트린 것이다.

"아니, 그 사람이 진실에 대해 제보받았다면 당연히 이번 사건에 대해 아는 거 아닌가요?"

손채림은 어이가 없다는 표정으로 물었다.

그녀의 생각에 누가 봐도 소성애는 꽃뱀으로 접근한 사람이고 그녀의 행동을 다 봤다면 누구나 그녀가 꽃뱀이라는 사실을 어느 정도는 인지할 수밖에 없기 때문이다.

"검사는 정의를 위해 일하는 게 아닙니다, 손채림 양."

송정한은 손채림의 말에 안타깝다는 듯 말을 꺼냈다.

"그게 무슨 말씀이세요, 정의를 위해 일하는 게 아니라니?"

"이번 사건의 경우 검사의 목적은 간단합니다. 이슈를 타고 자신의 바른 이미지를 세상에 보이는 것이지요. 그게 승진에도 유리하고, 설사 바깥으로 나간다고 해도 변호사 노릇을 할 때 유리하니까요."

"그러니까 진실은 상관없다?"

"애석하게도요."

노형진은 손채림에게 그렇게 말하면서도 속으로 한숨을 내쉬었다.

'이게 제대로 된 법조계냐…… 망할.'

당연히 검사는 진실을 밝혀야 하는 의무가 있다. 검사로서 진실을 밝히고 억울한 사람을 도와주고 범인을 잡아야 한다.

하지만 일부 검사들은 그러한 검사 본연의 임무보다는 승진과 자신의 이득에 매달린다.

"그리고 이번 사건은 아무래도 그런 검사일 겁니다. 아니, 그런 검사한테 떨어질 수밖에 없는 사건이죠."

"떨어질 수밖에 없다고요?"

"검사 배정이 완전 랜덤은 아니라는 겁니다."

이런 사건은 누가 하든 이슈를 타게 되어 있다. 그러면 과연 어떤 검사에게 배당될까?

당연히 윗선에 대한 관리와 딸랑거리는 걸 잘하는 검사에게 떨어질 가능성이 높다.

"헐……."

"어차피 그들의 입장에서 연예인은 지나가는 딴따라 이상의 의미는 없습니다."

그들로서는 진실보다는 인사고과와 이슈화가 더 중요하다.

"중요한 건 검사의 생각이나 미래가 아닙니다. 이 상황을 어떻게 타게 하느냐라는 것이지요."

"흠……."

이쪽에서 가지고 있던 가장 강력한 카드가 없어졌다. 사실 그것도 문제지만 더 큰 문제는 이쪽에 있는 누군지 모를 스파이였다.

"스파이가 있는 이상 무엇을 한다고 해도 새어 나갈 겁니다."

재판은 단순히 법적인 논쟁이 아닌, 사실과 사실 그리고 정보와 정보의 충돌이다.

재판을 할 때 종이가 많은 놈이 이긴다는 말처럼 증거가 많을수록 이길 가능성은 높아진다.

단, 이건 어디까지나 상대방이 그걸 모를 때의 이야기다.

"이쪽에서 무슨 준비를 하든 그쪽에서 미리 알고 차단해 버리면 이 재판은 못 이깁니다."

재판은 핑퐁 같은 것이다, 이쪽에서 증거를 내놓으면 저쪽에서 반격하고 그걸 다시 쳐 내는.

그런데 이건 저쪽에서 무차별적으로 공을 날려 보내기만 하는 상황.

"내부에 있다고 생각하나?"

"그게 문제입니다. 구조적으로 이 내부에 있을 수가 없거든요."

넘어간 정보의 양을 봐서는 단순히 주워들은 게 아니라 자세한 정보를 아는 것이다. 그리고 업무의 특성상 자기 관련 재판이 아니면 다른 재판을 마음대로 열어 볼 수는 없다.

그러면 이 재판과 관련이 되어 있는 사람이라는 거다.

"그러면 무태식 변호사와 저, 채림 양 그리고 내근직 팀원뿐인데……."

손채림은 황급하게 두 손을 흔들었다.

"어, 난 아냐. 아니라니까."

공식적인 자리에서는 존대하기로 했음에도 불구하고 그녀는 깜짝 놀라서 손을 흔들었다.

내근직 팀원은 전부터 있던 사람들이다. 새로운 사람을 뽑으려 했으나 업무의 숙련도 문제로 노형진의 팀으로 발령한 것이다. 따라서 정말로 새로 온 사람은 오로지 단 한 명, 손채림뿐이었다.

"압니다. 채림 양이 그럴 이유가 없지요."

사건의 정보를 주는 것도 어느 정도 관련이 있을 때의 이야기다. 그런데 손채림은 이번 사건 당사자와 전혀 관련이 없다. 더군다나 돈 때문에 할 이유도 없다.

당장 집으로 들어가기만 하면 그녀의 인생은 편해진다. 그런데 돈 때문에 양심을 팔 이유가 없다.

그리고 애초에 이 사건이 들어온 것은 손채림이 들어온 후다. 그녀가 이 사건 때문에 입사한 것도 아니다.

더군다나 당당하게 실력으로 시험을 치르고 들어온 이상

비리도 있을 수가 없다.

"그러면 누가 정보를 공개했는지 알 수가 없군요."

내부에 정보를 공개한 사람은 없다. 그렇다면 남은 것은 외부라는 것뿐.

"외부에 이 사건에 대해 아는 사람이 있을까?"

"있을 리 없죠."

사실상 오성식은 매장당한 분위기다. 누구도 그에게 말을 걸어 주지 않는다. 혹시나 엮여 들어갈까 봐서다.

"이런 상황에서 오성식에게 말을 하거나 정보를 듣는 사람은 극히 한정되어 있을 겁니다. 설사 어찌 정보를 듣는다고 해도 그걸 검사에게 넘겨줄 이유가 없지요."

"흠……."

생각지도 못한 문제에 송정한은 머리를 부여잡았다.

지금까지 보안 문제로 인해 일이 터진 적은 없었다. 그런데 처음으로 일이 터지자 이만저만 복잡한 게 아니었던 것이다.

"일단은 원점으로 돌아가 보죠."

이 상황에서 과거의 카드는 쓸 수 없다. 그렇다면 다시 사건을 되짚어 보면서 새로운 카드를 찾는 수밖에 없다.

"일단 처음부터 찾아봅시다. 오성식과 소성애가 만난 장소는 바였죠?"

"청담동에 있는 바였죠."

오성식의 말에 따르면 그곳에서 소성애를 만나서 이런저

런 이야기를 하다가 마음에 들어서 전화번호를 주고받았고, 자연스럽게 이야기하면서 마음에 들어서 사귀게 되었다고 한다.

"그것까지는 이상할 게 없어요. 자주 가는 바라고 하고 그곳에서 손님으로 만나는 거야 이상할 게 전혀 없으니……."

그 부분까지는 이상하지 않다. 그런데 어째서 갑자기 꽃뱀으로 돌변했는지가 관건이다.

"누가 협박한다거나 하는 건?"

"글쎄요……."

충분히 그럴 수 있는 일이다. 그렇게 된다면 그녀의 직업상 어쩔 수 없이 그 협박에 응할 수도 있다.

"그건 아닌 것 같은데요?"

"네?"

그런데 손채림은 고개를 저었다.

"제가 술집에 대해 잘 아는 건 아니지만, 오성식이 거기에 간 시간은 술집의 피크 시간 아닌가요?"

"아……."

소성애가 어떤 술집에서 일하는지 모르지만 술집이라는 공간은 대부분 똑같은 시간에 열고 닫기 마련이다.

그리고 이 진술에 따르면 오성식과 소성애가 만난 시간은 대략 밤 11시경. 한창 술집에 손님이 오는 시간이다.

"우연히 만났다고 하기에는 시간이 이상한데요?"

"그렇군요."

밤 11시에 그곳에 있었다는 건 술집에서의 일을 쉬고 그곳에 갔다는 건데, 간 횟수가 제법 된 것이다.

아무리 마음에 들었다고 해도 연예인이 처음 보는 여자에게 전화번호를 쉽게 줄 리 없다. 오성식의 말로도 그곳에서 최소한 일곱 번 이상 만나고 나서 번호를 줬다고 했으니 말이다.

"누구 하나 걸리라는 심정이었을까요? 솔직히 청담동 술집이면 그래도 잘나가는 곳 아닙니까?"

"그럴지도 모르겠네요."

무태식의 의견에 손채림도 고개를 끄덕거렸다.

하지만 노형진은 그렇게 생각하지 않았다.

"그렇지는 않을 겁니다."

"네?"

"그곳은 청담동입니다. 당연히 부자들이 가지요. 반대로 그런 곳에서 남자를 만나러 가는 여자들 역시 많다는 걸 잊으면 안 됩니다."

"아……."

청담동 술집이라는 곳은 부자들이 많이 간다. 그래서 그런 곳에 남자를 꼬시러 가는 여자들이 한두 명이 아니었다.

누군가는 욕할지도 모르지만 그건 엄연한 현실이다.

대부분의 부자들은 그들을 반려로 맞이하지 않는다는 것

이 문제지만.

"그런데 생각해 보세요. 그 많은 사람들 중에 한 명, 그것도 오성식의 취향에 정확하게 맞았다? 그건 좀 아니지 않습니까?"

"흠⋯⋯."

"사람을 만나는 건 외모도 중요합니다. 하지만 1차가 외모라면 2차는 대화입니다. 그리고 그런 곳에 다니는 사람 중에 외모만으로 쉽게 넘어올 사람은 없을 겁니다."

"그렇겠지."

노형진은 회귀 전 그곳에 친구들과 몇 번 놀러 간 적이 있다. 그 역시 잘나가는 억대 연봉의 변호사였고 손님 중에는 부자도 많았기 때문이다.

그리고 그곳에 오는 여자 중에는 연예인 뺨치는 미모를 가진 사람도 많았다.

"그럼에도 한 남자만 만났다는 건 어떤 이유에서든 서로 맞았다는 거죠."

"그런가?"

"네, 그렇다는 건 한 가지를 뜻합니다. 어떻게 한 건지 모르지만 오성식의 취향을 알아냈다는 뜻입니다. 아무리 오성식이 사회 경험이 없다지만 그런 곳에 오는 여자에 대해 잘 모르지는 않을 것 같은데요?"

그런 걸 알면서도 그녀를 선택할 만큼 그녀와 잘 맞았다는 소리다.

"그건 이상한데요?"

아무리 소성애가 술집에서 남자들에게 접대하던 사람이라 곤 하지만 술집에서의 접대와 이성으로서의 접근은 전혀 다르다. 이성으로 접근하는 것은 쉬운 것이 아니다.

"흠……."

여러 가지로 이상한 상황이었다.

도대체 그녀는 어떻게 오성식에게 접근할 수 있었던 것인지 알 수가 없는 상황.

"그 배후에 누가 있다고 봐야 하지 않나?"

"그건 전에도 이야기했던 말입니다. 애초에 상해를 만들었다는 것 자체가 누군가 있다는 뜻이지요."

물론 스스로 상해를 입힐 수도 있다. 그렇지만 자신이 입힌 상처와 남이 입힌 상처는 그 형태가 전혀 다르다.

"결과적으로 누군가 그녀를 뒤에서 도와주고 있다는 건데."

문제는 그게 누구인지 알 수가 없다는 것.

"흠……."

"그렇다고 섣불리 움직일 수도 없고."

노형진은 기분이 좋지 않았다. 누군가의 손아귀에 놀아나는 경험은 처음이었기 때문이다.

'누가 스파이인지만 알 수 있어도…….'

하지만 스파이 노릇을 할 사람이 없다. 이유도 없고.

그렇게 회의는 답보 상태를 이어 갔다. 그러던 중 손채림이 문득 고개를 갸웃했다.

"그러고 보니 이상한 게 하나 있어요."

"이상?"

"그, 처음 만났던 날요."

손채림은 그때의 기억을 계속 더듬고 있었다.

그녀는 다른 사람보다 기억력이 훨씬 좋다. 그런데 그날 있었던 일 중 하나가 계속 그녀의 신경을 건드렸다.

"그 매니저가 '효선'이라고 부르지 않았어요?"

"그거야 억울해서 말하다 보니 말이 헛나온 것이겠지요."

무태식은 무심하게 말했다.

노형진은 그 당시 기억나지 않는 듯 고개를 갸웃했다. 워낙 서로 말을 쏟아 내는 중이라 제대로 기억하기 힘들었던 것이다.

"분명 그랬어요. 효선이라고 불렀어요. 한 번뿐이지만."

"뭐, 착각했나 보죠."

무심하게 넘어가는 무태식.

그러나 노형진은 착각이 아니라는 생각이 들었다.

"그거 확실한 거야?"

"응? 아…… 그래."

확실하게 하기 위해 반말로 물어보자 반말로 대답하는 손채림.

즉, 개인적인 관계이므로 거짓말할 이유가 없다는 뜻이다.

"이름 한번 잘못 부른 게 뭐 어때서요?"

"아니…… 그냥 이런 생각이 들었습니다."

"어떤?"

"술집에서 본명으로 일하는 여자는 없지 않습니까?"

그 순간 사람들은 등골이 싸늘해졌다.

술집에서, 그것도 2차를 나가는 술집에서 본명으로 일하는 여자는 없다.

"소성애와 효선은 착각할 수도 없는 전혀 다른 형태의 이름입니다. 다른 사람의 이름을 불렀을 수도 있지만 회사가 흔들릴 정도의 사건에서 상대방의 이름을 모른다는 건……
좀 이상하지 않습니까?"

"설마? 하지만 매니저가 함정을 팔 이유가 없지 않나?"

만일 내부자가 매니저라면 모든 것이 맞아떨어진다.

여기서 알아낸 것이 회사 쪽으로 통지가 가니, 당연히 당사자 중 한 명인 매니저가 볼 수 있다. 더군다나 매니저는 오성식과 아주 친밀하다. 그의 개인적 취향을 알아낼 수 있는 것이다.

"그리고 매니저라면 언제 오성식이 그 바에 가는지 알 수 있습니다. 애초에 그 바를 소개해 준 게 매니저일 수도 있고요."

"흠……."

지금까지 비어 있던 퍼즐에 매니저인 '황보수'라는 조각을 끼워 넣는 순간 모든 것이 완벽하게 풀리고 있었다.

"하지만 여전히 한 가지는 부족하네. 바로 '매니저가 왜 그런 행동을 한 것인가'야? 황보수는 사실상 오성식을 키워 낸 사람이야. 무명 시절부터 계속 서포트를 해 온 사람이란 말일세. 그런 사람이 왜 갑자기 돌변해서 함정을 파겠는가?"

송정한은 이상하다는 생각이 들었다. 그런 사람이 갑자기 돌변한다는 건 말도 안 되기 때문이다.

"글쎄요……."

확실히 그건 그렇다. 개인적 취향도 다 알고 지낼 만큼 친밀하게 지낸 사이다. 업무적인 관계를 지나서 형, 동생 하면서 지낼 만큼 그들은 가까웠다.

"욕심이 난 게 아닐까요?"

"욕심?"

무태식은 가만히 생각하다가 문득 생각난 듯 입을 열었다.

"무슨 욕심요? 오성식의 그룹인 팔라딘이 한창 잘나가고 있는데."

"그게 자신의 성공은 아니죠. 회사의 성공이지."

"아!"

그러고 보니 그들이 망각했던 것이 있었다. 그건 바로 아무리 팔라딘이 성공한다고 해도 황보수에게 돌아오는 돈이 적다는 사실이었다.

물론 어느 정도 월급이 올라가기는 하겠지만 충분한 정도가 아닐 가능성이 높다.

"문득 이런 생각이 듭니다. 노형진 변호사님 덕분에 엔터테인먼트 사업을 하기 편해졌잖습니까? 그리고 오성식의 팔라딘을 키울 때 만든 인맥은 여전히 있구요."

"그렇다면?"

"용의 꼬리보다는 뱀의 머리라는 말이 있지 않습니까?"

조합에 가입하면 연습실과 여러 가지 지원을 해 준다. 그러니 과거처럼 엔터테인먼트 사업을 하는 데 있어서 초반에 어마어마한 돈이 드는 것은 아니다. 그러니 딴생각을 했을 수도 있다.

'또다시 역사가 바뀐 건가?'

노형진은 약간 섬뜩한 기분이 들었다.

팔라딘이라는 그룹에 대한 기억은 없다. 그러니 자신이 만든 협회가 지원해 주지 않았다면 황보수가 과연 엉뚱한 생각을 했을까 하는 생각이 든 것이다.

"그렇다면 이유도 맞습니다. 현재 황보수에게 필요한 것은 단 하나뿐이니까요."

"돈이군."

아무리 황보수가 경험과 인맥이 있다고 해도 돈이 없으면 애초에 시작도 하지 못한다. 그런 만큼 어떻게든 돈을 구해야 한다.

"용의 꼬리보다는 뱀의 머리……."

노형진은 얼굴을 찡그렸다. 실제로 그런 사건은 무척이나 흔하기 때문이다.

　대한민국뿐 아니라 미국에서조차 그런 사건은 흔하게 벌어진다. 돈이라는 괴물은 인간을 집어삼키는 데는 아주 능숙하다.

　"황보수가 자신을 위해 저지른 일이라는 것이군요."

　"그렇지요."

　상황이 대충 이해가 가기 시작하자 송정한은 턱을 쓰다듬으면서 상황을 정리했다.

　"그러니까 황보수는 자신이 일한 만큼의 보수를 제대로 받지 못했다고 생각했다는 거지?"

　어떤 연예인을 키우기 위해 가장 중요한 것 중 하나가 바로 매니저의 역량이다. 하지만 상당수 회사에서는 매니저란 심부름이나 하는 사람들이라고 생각한다.

　"네. 그리고 그러한 대우에 분노를 느낀 황보수는 차라리 직접 회사를 만드는 게 낫겠다고 생각했을 겁니다."

　"매니저의 월급이 그렇게 적은가?"

　"많아 봐야 아마 250 정도일 겁니다."

　"고작?"

　연예인들을 키우기 위해 로비하고 고개를 숙이고 인맥을 만드는 게 그들의 일이다. 그건 결코 쉬운 일이 아니다.

　"그러니까 다른 생각을 했겠지요."

"황보수가 범인이라면…… 이거, 골치 아프군."

자신들이 아는 모든 정보가 회사로 갔으니, 당연히 황보수가 그걸 봤을 것이다.

"지금이라도 자르라고 해야 하나?"

"안 될 겁니다. 이번 일도 결국은 심증뿐이지 않습니까?"

설사 자른다고 해도 이미 사건은 터졌다. 이쪽에서 합의금을 주지 않는다면 오성식은 상당 기간 교도소에 갈 수밖에 없다.

"곤란하군요."

물론 오성식은 크게 성공한 가수고, 어떻게든 5억이라는 돈을 줄 수는 있다.

하지만 강간범이라는 딱지가 붙어 있는 아이돌이 과연 생존할 수 있을까?

그리고 그런 아이돌을 키운 기업이 과연 새로운 그룹을 성공적으로 만들어 낼 수 있을까?

현대의 사회는 개인의 잘못을 집단에 돌리는 성향이 있다.

물론 그건 틀린 말은 아니다. 연예인이라는 특성을 가지고 있는 이상 공인이고, 그 인성 교육을 하는 것은 소속사의 책임이니까.

"황보수를 자른다고 해도 사건이 바뀌지는 않을 겁니다. 우리의 가장 큰 카드가 사라져 버렸으니까요."

노형진은 머릿속으로 이번 사건을 해결할 수 있는 방법을 찾기 시작했다. 이미 조작으로 드러난 이상 단순히 배후에 누가 있다는 심증만으로는 이번 사건을 뒤집을 수 없다.

그런데 다음 순간 노형진은 문득 무언가가 생각났다.

"아까 소성애의 이름이 뭐라고 했지요? 효선?"

"네."

"혹시 그 여자가 일하던 가게를 찾을 수 있는 방법이 있을까요?"

"글쎄요. 황보수에게 물어본다고 이야기할 것 같지는 않은데."

무태식은 가능성이 낮다고 생각했다. 서울에 있는 술집이 얼마나 많은데, 그중에서 어떤 곳인지 특정하는 것은 불가능에 가까웠다.

"난 방법이 있을 것 같은데요?"

그런데 의외의 방법을 찾아낸 것은 손채림이었다.

그녀가 방법이 있다고 하자 다들 그녀를 뚫어지게 바라보았다.

"방법이 있다고?"

"네. 아까 그랬잖아요, 매니저의 월급은 얼마 되지 않는다고. 그 돈으로 고급 술집을 다닐 정도는 아니지 않나요? 솔직히 그렇잖아요, 그런 곳이 한두 푼 하는 곳은 아닐 텐데."

"아!"

"더군다나 내가 봐도 소성애는 예쁜 얼굴을 가지고 있으니 그런 곳은 더 비쌀 것 같은데, 그런 곳에 자기 돈으로 갈 리는 없다고 봐요. 그것도 꽃뱀 노릇에 끼워 넣을 만큼 친밀하게 지낼 정도로? 그건 무리죠."

그건 그렇다. 그녀가 아무리 화류계 여성이라고 해도 범죄를 모의하는 것은 전혀 다르다.

"그가 매니저라는 직업을 가지고 있으니, 아무래도 접대하다 보면 그런 곳을 많이 갔을 것 같은데요?"

그 말은 회사의 법인 카드 내역을 보면 그곳이 어디인지 알 수 있다는 뜻이었다.

"어쩌면…… 반격의 카드가 다시 나올 것 같군요."

노형진은 주먹을 꽉 쥐었다.

"여기군."

조용히 소속사에 이야기해서 결제 내역을 받는 것은 어려운 일이 아니었다. 그렇게 받은 기록에는 한 술집의 이름이 반복적으로 나와 있었다.

"크레파스라……."

강남에서 좀 떨어진 곳에 있는 크레파스라는 술집은 말 그대로 건물을 통째로 술집으로 쓰는 곳이었다. 그곳에서는 딱 봐도 접대로 보이는 만남이 많이 이루어지고 있었다.

"이거 참, 이런 곳도 다 와 보네요."

무태식은 어색한 얼굴로 주변을 둘러보았다.

"이런 곳에 온 적 없습니까?"

"박봉 아닙니까, 하하하."

"변호사가 박봉이라고 하면 사람들이 화냅니다, 하하하."

아무리 새론이 친서민 정책을 쓰고 있다고 하지만 대한민국에서 변호사가 가장 돈을 많이 버는 직종 중 하나라는 것은 변함없는 사실이다.

"뭐, 관심도 없기는 하죠."

노형진의 말에 머쓱하게 말하는 무태식.

하긴, 이런 것에 관심을 가지는 사람은 그만큼 여유가 있는 사람들이거나 다른 목적이 있는 사람일 수밖에 없다.

"변호사는 접대도 해 주지 않고."

"하하하."

1인당 60만 원이 넘는 비용을 내고 올 수 있는 사람은 드물다. 그러니 대부분은 접대를 위해 오는 사람들이다.

반대로 생각하면, 그런 사람들만으로도 이런 건물이 유지되고 있으니 대한민국의 문화가 그만큼 변질되어 있다는 뜻이리라.

"일단 여기까지 오기는 했는데, 이제는 어쩌죠?"

"일단은 소성애를 아는 사람을 찾아야 합니다."

"소성애를 아는 사람을 찾아야 한다고요?"

"네. 전에도 말했다시피 이 싸움에서 중요한 것은 합의를 끌어내거나 사건을 뒤집는 게 아닙니다. 연예인들의 사건에서 중요한 것은 망가진 이미지를 어떻게 복구하느냐는 것이지요."

"흠……."

연예인 사건은 그런 것이 골치 아프다. 그래서 노형진은 과거에 연예인 사건을 담당했을 때 그런 부분까지 생각해서 해결했다.

"하지만 어떻게요? 사실상 이번에는 뒤집기만 해도 대단한 거 아닙니까?"

이번 사건에서 노형진이 가지고 있던 패를 검사 측이 이미 가지고 있다. 그리고 검사는 그걸 이미 조작이라는 말로 못을 박아 놨다. 이제 와서 진실을 밝힌다고 해도 그건 조작으로 오도될 뿐이다.

"그건 검사만 끼었을 때의 이야기지요."

"네?"

"원래 인간은 드라마틱한 사건에 이끌리기 마련입니다. 그리고 그러한 드라마틱한 사건을 만들어 주면 사람들은 그걸 보기 위해서 오지요. 그때는 검사가 뭐라고 하든 아무런 상관도 없게 됩니다."

무태식에게는 노형진이 하는 말이 너무 어려웠다.

지금까지 노형진에게서 많이 배웠다고 생각했지만, 사건을 넓게 보고 해석하는 노형진의 능력은 아무리 배운다고 해도 따라 할 수 있는 게 아니었다.

"일단 중요한 것은 소성애를 아는 여자를 찾는 겁니다."

"소성애를 아는 여자?"

"네."

때마침 문이 열리면서 웨이터가 나타났다.

"초이스입니다."

초이스란 이런 술집에서 같이 놀 여자 직원을 고르는 행위
다. 노형진은 그들을 바라보면서 물었다.

"이곳에 있는 여직원들이 몇 명이지?"

"네?"

"이곳에 있는 애들 말이야."

"한…… 백 명쯤 됩니다만?"

웨이터는 살짝 얼굴을 찡그렸다.

여자애들 얼굴을 전부 다 봐야겠다고 하는 진상도 있기 마
련인데, 노형진의 질문에서 그런 의도가 느껴졌기 때문이다.

"그래?"

노형진은 여자들을 보다가 주머니에서 사진을 꺼내 들고
여자들에게 내밀었다.

"이 사람을 아는 분?"

그 사진을 보고 고개를 갸웃하는 여자들.

'하긴, 아무리 같이 일한다고 해도 백 명이나 되면 자세하
게 알기는 힘들지.'

노형진은 피식 웃으면서 품에서 빳빳한 지폐 다발을 꺼냈다.

"자, 이 정도면 보답이 되려나요?"

만 원짜리로 이루어진 100만 원짜리 다발 위에 사진을 올려 두고 씨익 웃는 노형진.

그러자 그걸 본 여자들이 침을 꿀꺽 삼켰다. 그리고 그중에서 한 명이 조용히 손을 들었다.

"좋습니다. 한 분 나왔고. 다음 팀 불러 줘."

웨이터는 사진과 노형진을 번갈아 가면서 바라볼 뿐이었다.

⚖️

"반갑습니다. 노형진이라고 합니다."

노형진은 사내를 보면서 자신의 명함을 건넸다.

"박일섭 형사입니다. 제법 큰 건수가 있다면서요?"

노형진의 말에 박일섭은 손을 비비면서 싱긋 웃었다.

'역시, 그대로네.'

노형진은 박일섭에 대해 잘 알고 있었다.

회귀 전에도 제법 유명한 경찰이었다. 아니, 유능한 게 아니라 뭐라고 해야 하나? 쇼맨십 같은 게 뛰어난 타입이었다. 그래서 이슈가 되는 사건을 찾아다니는 형사였다.

그리고 이번 사건에서는 그런 타입이 절대적으로 필요했다.

"아주 큰 건수지요."

"큰 건수라……."

"잘만 하면 검찰에 한 방 먹일 수 있는 사건입니다."

"검찰에요?"

박일섭의 얼굴에 화색이 돌았다.

최근 들어 경찰이 검찰에 한 방씩 먹는 사건이 많아지면서 경찰과 검찰의 사이는 무척이나 나빠졌다.

특히나 수사권에 관해 많이 부딪히면서 결과적으로 사이가 완전히 틀어졌다.

'상대방이 새론이라는 게 찝찝하기는 하지만.'

그 당시 검찰을 도와준 게 바로 새론이다. 그래서 새론이라는 변호사 집단에 불만이 살짝 있기도 했다.

하지만 이번에는 자신들 일을 도와준다는데 거절할 필요는 없었다.

"무슨 일입니까?"

"검찰이, 아니 검사 한 명이 사건을 은폐하려고 하고 있습니다. 명확한 증거를 가지고 있으면서도 사건을 은폐할 목적으로 그걸 애써 무시하고 있지요."

"어떤 사건인데요?"

"오성식 사건입니다."

박일섭은 입을 쩍 벌렸다.

요즘 오성식 사건을 모르는 사람은 없다. 그런데 그런 사건을 은폐한다는 건 미친 짓이다.

"아니, 왜요?"

"이슈를 타기 위해서지요."

검사에게 진실은 중요하지 않다. 자신이 유명해지는 게 중요한 것이다.

"이런 나쁜 놈 같으니라고!"

박일섭의 말에 노형진은 왠지 피식 웃음이 나왔다. 마치 자기혐오같이 느껴졌기 때문이다.

박일섭 역시 그런 타입의 경찰이다. 그 둘은 똑같은 성향을 가지고 있다.

다만 이번에는 노형진이 박일섭의 편을 들어 줄 뿐이다.

"아시겠지만 이번 사건의 검사는 피해자라고 주장하는 소성애가 술집에서 일하던 여자라는 것을 조작이라고 못을 박고 들은 척도 하지 않고 있습니다."

"그거야 알죠."

워낙 파다하게 소문이 나서 모를 수가 없다.

"그렇지만 그게 사실이지요. 문제는, 그가 조작이라고 못을 박은 이상 이쪽에서 뭐라고 하든 조작이 된다는 겁니다."

"뭐, 상황은 대충 알겠습니다만 그렇다고 제가 도와 드릴 만한 것은 없는 것 같은데요? 제가 검사를 수사할 수는 없는 노릇이고."

"검사를요? 그럴 리가요."

노형진은 경찰이 검사를 수사할 것까지는 바라지도 않았

다. 중요한 것은 경찰이라는 신분이었다.

"혹시 함정수사라고 아십니까?"

"함정수사? 설마 경찰이 그것도 모르겠습니까?"

"함정수사는 아시다시피 불법과 합법이 있지요."

불법 함정수사는 범죄를 저지를 의사가 없는 사람을 속여서 범죄를 저지르게 하는 것이다. 하지만 범죄를 저지를 의사가 있는 사람에게 기회를 줘서 잡아내는 것은 합법이다.

"그리고 이번에 재미있는 함정수삿거리가 있는데 말이지요."

노형진은 박일섭의 귀에 대고 작전을 설명하기 시작했다.

그 말을 들은 박일섭의 귀에 미소가 걸렸다. 완벽한 함정수사였기 때문이다, 그것도 합법적인.

'이게 터진다면…….'

아마도 자신은 엄청나게 이슈를 탈 것이다. 또한 검찰에 한 방 제대로 먹여서 인사고과에서 엄청난 이득을 볼 수 있을 것이다.

그런데 정작 자신은 할 일이 아무것도 없다.

"어떠신가요?"

노형진의 말에 박일섭은 그의 두 손을 꼭 잡았다.

"이번 게임에 꼭 끼워 주십시오, 하하하."

박일섭은 조만간 자신의 인기가 치솟을 것을 생각하면서 미소를 지었다.

소성애는 얼마 전 연락받고서는 엄청나게 짜증이 나기 시작했다. 자신이 조심한다고 하기는 했는데 어디서 걸린 건지 알 수가 없었기 때문이다.

"젠장, 망할 년들. 죽여 버릴 수도 없고."

그녀는 아무도 없는 공원의 주차장에서 가방을 들고 누군가를 기다리고 있었다.

잠시 후 한 대의 소형 차량이 그녀의 주변으로 다가왔다. 그리고 라이트가 꺼지더니 거기서 선글라스를 쓴 여자 두 명이 나왔다.

"오랜만이에요, 언니."

"너희들."

소성애는 차에서 내리는 두 명을 보고는 오만상을 다 찡그렸다. 그럴 수밖에 없는 게, 자신을 바라보는 두 명은 자신에 대해 아는 사람이었기 때문이다.

'어떻게 내가 이 사건에 관련된 걸 안 거지?'

혹시나 누군가 알아볼까 걱정되어서 고소만 하고 절대 전면에 나서지 않았다. 심지어 외부에 나갈 때는 선글라스만 쓰고 다녔다. 그런데 자신을 알아본 사람이 진짜로 나타난 것이다.

"소성애라니, 무슨 이름이 그래요?"

"언니 이름은 처음 알았어요."

선글라스를 쓴 두 명은 생글거리면서 웃었지만 소성애는 웃을 수가 없었다.

"쓸데없는 말 하지 마."

"쓸데없는 말이라니요. 우리 물주가 되실 분이신데."

"뭐?"

"설마 이렇게 일을 저지르고 입을 싹 닦으려고요? 제대로 호구 물었던데?"

"도대체 어떻게 안 거야?"

"그냥, 우연히 알게 된 거예요."

웃는 여자들. 그들은 소성애에게 천천히 다가왔다.

"언니가 손님들한테 공사를 치는 거야 어느 정도 다 알려진 사실이지만 연예인을 대상으로 제대로 한탕 할 줄은 몰랐어요."

"5억이나 달라고 했다면서요?"

공사란 술집에서 일하는 아가씨가 손님을 속여서 돈을 뜯어내는 행동을 말하는 속어다.

"도대체 어떻게……?"

언론에도 나가지 않은 합의금에 대해 알자 소성애는 깜짝 놀랐다.

"우리 손님 중에 검사님이 계시거든요. 아시잖아요? 우리 가게에 오는 분들이 어디 한두 분이에요?"

"끄응……."

소성애는 아차 싶었다.

실제로 그녀가 있던 가게에 접대 문제로 오는 검사나 판사가 제법 있었다. 그러니 그중 한 명이 나불거렸을 가능성이 높다. 오성식 강간 사건은 언론의 관심을 받는 사건 중 하나니까.

"그러니까 좋은 건 나눠 먹자고요."

"개소리하지 마. 나라고 다 먹는 줄 알아? 나누고 나면 2억 5천밖에 안 남아."

"그래서 우리가 양심적으로 하잖아요. 5천만 달라니까요."

"너희들, 진짜."

눈을 크게 뜨고 두 사람을 바라보는 소성애.

하지만 이 바닥에 의리라는 게 있다고 보기 힘들다는 것은 그녀 또한 잘 알고 있었다.

"깔끔하게 5천 주고 영원히 덮어 버리는 게 훨씬 나을 텐데요? 언니가 절반을 나눠야 하듯이 우리도 절반을 나눠야 한다고요. 우리도 5천 나눠 봐야 2,500만 원뿐인데."

히죽 웃는 여자들. 소성애는 이를 빠드득 갈 수밖에 없었다.

"너희들, 그러고도 뒤끝이 좋을 줄 알아?"

"어머, 언니도. 언니가 우리 진짜 이름이나 출신을 아는 것도 아닌데 뭘 어쩌려고요? 그리고 그 정도 벌고 다시 이쪽으로 올 것 같지는 않은데. 언니야말로 남자의 순정을 그렇게 밟으면 안 되죠. 오성식인지 뭔지, 그 사람은 딱 봐도 진심인 것 같던데."

"흥, 내가 알 바 아니지. 다리만 벌려 주면 자기 건 줄 알고 좋아서 방방 뛰는 멍청이 같으니."

"어머 어머, 남자는 완전 진심이었던 것 같은데?"

"그래서 뭐? 그런 멍청이 인생 뒷수습이나 하면서 내가 험하게 살라고? 미쳤냐? 그런 새끼는 뜯어먹고 땡이야. 딴따라 인생이 얼마나 가겠어? 사람 볼 줄도 모르는 멍청이 따위."

그렇게 말하면서 소성애는 그들 앞으로 가방을 던졌다.

"5천이다. 더 이상 지껄이지 마. 만일 더 이상 지껄이고 다닌다면 내가 무슨 짓을 할지 모르니까."

"글쎄요."

그 돈을 받고는 씩 웃는 두 사람.

그런데 소성애는 뭔가 이상하다는 생각이 들었다.

이미 해가 져서 컴컴한 상황이다. 주변에 등이 있기는 하지만 그렇게 밝은 것도 아니다. 그런데 그 둘은 선글라스를 쓰고 있다, 그것도 아주 알이 큰 것으로. 더군다나 모자까지 큰 모자다.

"이 돈은…… 제가 가지면 좋겠지만."

가방을 확인한 두 사람은 씩 웃으면서 가방을 뒤로 빼돌렸다.

그리고 그 행동을 본 소성애는 아차 싶은 생각이 들었다. 자신이 아는 그 애들이라면 이런 행동을 할 리 없다.

"이런 쌰앙!"

그녀는 일이 잘못된 것을 느끼고 튀어서 도망가려고 했다. 하지만 뒤에서 반갑지 않은 목소리가 흘러나왔다.

"소성애 씨, 당신을 협박 혐의로 체포합니다."

고개를 돌려 보니 다가오는 경찰. 그리고 그의 손에 들려 있는 수갑.

"이…… 이런……."

설마 자신을 노리고 함정을 팠을 거라 생각하지 못한 그녀는 당황해서 어쩔 줄을 몰라 했다.

"나…… 난 몰라요! 아무것도 모른다고요! 이 두 년이 함정을 판 거예요!"

마구 소리를 지르는 소성애.

그러나 박일섭의 뒤에 있던 경찰은 대답하는 대신에 자신의 손에 들린 카메라를 흔들었다.

"글쎄요. 아까 찍은 동영상은 다른 이야기를 하던데요?"

"헉."

설마 동영상까지 찍혀 있을 거라 생각하지 못한 그녀는 패닉에 빠졌다.

"이건 함정이야! 함정이라고! 불법이야!"

나름 주워들은 정보로 그녀는 항변했지만 그런 항변이 먹힐 상황이 아니었다.

"범죄자를 체포하기 위해 함정을 파는 것은 불법이 아닙니다."

"그 두 년이 협박한 거야!"

"법적으로 저 두 분은 이번 수사를 도와주신 거지요. 당연히 저분들에게 협박죄는 성립하지 않습니다."

그렇게 말하면서 소성애의 팔에 철컥, 수갑을 채우는 박일섭.

"자세한 이야기는 경찰서로 가서 하지요, 후후후. 어이, 김 형사. 저 가방 챙겨서 와."

"네."

"아, 그리고 두 분은 내일 다시 와서 진술해 주세요."

"그럴게요."

두 사람이 고개를 끄덕거리는 걸 본 소성애는 미쳐서 날뛰기 시작했다.

"아니야! 이건 함정이야! 함정이라고!"

"그건 경찰에 가서 이야기하자고, 아가씨. 당신이 아까 지껄인 걸 뭐라고 변명할지는 모르지만."

"아아악!"

소성애의 비명은 경찰차에서 들리는 사이렌 소리에 묻혀서 사라졌고, 두 사람은 우두커니 주차장에 남았다.

그리고 사이렌 소리가 멀어지자 다른 차에서 문이 열리더니 노형진과 무태식이 가방을 들고 나왔다.

"수고하셨습니다. 덕분에 일이 잘 해결되었네요. 이건 약속한 돈입니다. 1인당 2,500만 원."

노형진이 가방을 건네주자 잽싸게 그걸 받아 드는 두 사람.

"큰돈인데 받아도 되는 건가요?"

"공식적으로 드리는 건 아닙니다."

이 두 사람은 그 술집에서 노형진이 선택한 사람들이었다.

소성애를 아는 사람은 몇 명이 있었지만 그중 이 사실을 폭로하는 데 도움을 주기로 한 사람은 이 두 사람뿐이었다.

"어차피 소성애한테 5억 넘게 뜯길 상황이었던 소속사입니다. 5천으로 해결한 거면 싸게 해결한 거죠."

"그렇다면야."

잽싸게 돈이 든 가방을 자신들의 차량에 넣는 두 사람.

더군다나 이 돈은 비밀리에 받은 돈이다. 당연히 그녀들은 세금을 내지 않아도 된다. 2,500만 원이면 세금도 상당하니까.

"그런데 우리 신분은 보장되는 거죠?"

"네, 영상에서 두 분의 얼굴은 지워질 겁니다. 사실 지우지 않는다고 해도 두 분의 뒷모습만 나타났으니 누군지 알아볼 수는 없겠지요."

두 사람은 만족스러운 얼굴로 바로 차를 타고 떠났다.

노형진은 그들이 떠난 것을 확인하고 다시 차로 돌아왔다.

"영상 상태는 어때요?"

"완벽합니다."

고문학은 씩 웃으면서 화면을 보여 주었다. 화면에는 소성애가 혼자서 떠드는 장면이 그대로 녹화되어 있었다.

"과연 이걸 보고 검사는 무슨 생각을 할지 궁금하군요."

"검사님께서는 얼마 전 우리가 조사 중인 것에 관하여 조작이라고 못을 박으셨습니다. 하지만 최근에 인터넷에서 돌고 있는 영상에 대해 어떻게 생각하십니까?"

노형진의 말에 검사는 땀을 주르륵 흘렸다.

"그게……."

얼마 전 그의 귀에 청천벽력 같은 소리가 들렸다. 소성애가 협박죄로 체포되었으며 구속영장이 신청되었다는 것이다.

말도 안 된다고 생각해서 항의하러 간 그의 눈에 보인 것은 소성애가 아주 대놓고 죄를 인정하는 동영상이었다.

"우리가 뭘 조사하는지 아셨다는 건 결과적으로 소성애의 신분 같은 것에 대해서도 아셨다는 뜻 아닙니까? 그런 상황에서 조작이라고 못을 박아 버리고 피고인 측의 의견은 완전히 묵살하셨지요."

노형진은 검사를 날카롭게 공격했다.

"사실상 범죄를 은폐하려고 한 거 아닙니까?"

"그건 아닙니다."

"아니면 무슨 목적이 있었던 거 아닙니까?"

"목적이라니요?"

"그게 아니라면 사건을 은폐하려고 할 이유가 없지 않습니까?"

노형진의 공격에 검사는 뭐라고 말을 할 수가 없었다.

제보가 들어왔고, 자신은 자신의 이득을 위해 그 제보를 믿었다.

사실 새론에서 조사한다면 실제로 그 여자가 꽃뱀일 가능성이 높다는 것도 알고 있었다. 하지만 자신에게 중요한 것은 승진이었기 때문에 애써 무시한 것이다.

'자업자득이다.'

결국 그는 그 사실 때문에 범죄 사실을 알면서도 은폐한 검사가 되었고, 이는 그의 꿈과는 다르게 그의 커리어가 박살이 나는 효과를 불러왔다.

"재판장님, 이번 사건은 애초에 피해자, 아니 피해자를 가장한 범죄자로부터 발생한 사건입니다. 피고인 오성식은 진지한 만남을 진행하고 있었으며 그 당시 관계 역시 상호 합의에 의한 것이었습니다. 하나 피해자라 주장하는 소성애는 이를 이용하여 자신의 이득을 얻을 목적으로 허위로 고소하여 피해자의 이미지를 실추시켰고, 검찰에서는 이를 알면서도 도리어 범죄를 은폐하여 무고한 피해자를 만들어 내려고 했습니다. 이 사건에 대해 피고인은 아무런 잘못도 없고 도리어 심적으로 그리고 재산적으로 막대한 피해를 입은 바, 사건은 마땅히 기각되어야 한다고 생각합니다."

노형진이 변론을 마치자 판사는 검사를 불쌍하다는 시선으로 바라보았다. 얼마 전까지 노형진을 바라보던 그 시선으로 말이다.

"검사, 더 이상 할 말 있습니까?"

검사는 눈을 질끈 감았다.

사실이 드러났고, 자신의 실수는 더 이상 돌이킬 수 없는 상황까지 왔다. 인터넷에서는 이제는 검찰이 썩다 못해 꽃뱀과 붙어먹었냐며 욕하는 상황.

"없습니다."

지금 상황에서 그가 할 수 있는 것은 없었다.

결국 그는 입을 꾹 다물었고, 그렇게 결판은 났다.

"피고인 오성식의 강간 사건에 관하여 재판부에서는 무죄를 선고합니다."

"나이스!"

노형진은 주먹을 불끈 쥐었고, 오성식 측에서는 환호가 터져 나왔다.

⚖

"이제 사건이 끝난 거야?"

한창 파티가 계속되는 회사 밖으로 나온 노형진은 먼저 나와 있는 손채림을 만났다.

"일단은."

"일단은?"

"치명적인 이미지 파괴는 막았어. 도리어 한편으로는 동정표를 얻어서 약간 더 유리할 수도 있게 되었지."

노형진은 신나게 파티 중인 소속사를 바라보았다.

"하지만 그 동정표는 오래가지 않을 거야. 그나마 다행인 건 이슈화가 되고 진실이 드러나는 과정이 드라마틱했기 때문에 언론이 열심히 일해 줘서 대부분의 사람들이 무죄라는 걸 안다는 건데, 문제는 이미지가 완벽해질 수는 없다는 거지."

"왜?"

"어찌 되었건 진심을 품었으니까."

"아!"

"스캔들이라는 게 왜 골치 아픈 건데."

오성식이 강간으로 처벌받지는 않았다. 무죄는 입증되었고, 범죄를 저질렀건 사람들에게는 응분의 대가가 내려졌다.

소성애는 협박으로 구속되었고, 매니저였던 황보수 역시 소성애가 까발리는 바람에 체포되었다.

사건을 담당했던 검사는 진행 중인 사건을 모두 다른 검사에게 넘기고 조사받기 시작했다. 아무리 검찰이 팔이 안으로 굽는다고 하지만 범죄 은폐 혐의가 있는 사람을 놔둘 수는 없으니까.

그 조사 결과가 어떻게 나오든 그는 더 이상 승진은 꿈도 꾸지 못하게 될 것이다.

"하지만 이다음부터는 우리가 도와줄 수 있는 게 없어."

"왜?"

"법적인 문제는 해결되었고 그와 관련해서 최대한 이미지를 복구시켰지. 그걸 옛날처럼 복구하는 건 우리가 아닌 저들이 할 일이야."

노형진이 창문 너머로 흔들리는 그림자를 보면서 말하자, 손채림은 약간 불쌍하다는 얼굴로 입맛을 다셨다.

"거참…… 연예인도 못 해 먹을 직업이네."

"넌 어때, 첫 번째 사건인데?"

"글쎄, 첫 번째 사건이라서 그런지 약간 정신없이 지나간 건 있는데 제법 재미있는 것 같아."

"제법?"

"내 삶은 맹숭맹숭했잖아?"

"그렇지는 않거든?"

노형진은 어색하게 웃으면서 말했다.

그녀의 삶은 절대 맹숭맹숭하지 않았다. 뭐, 과거는 모르지만 현재에 와서는 절대 그런 말이 안 나온다.

세상에 부모와 연을 끊고 사이가 안 좋은 기업에 취직하는 사람이 얼마나 되겠는가?

"하지만 확실한 건 있네."

"뭐가?"

"너랑 같이 일하면 재미는 있겠어."

노형진은 피식 웃으면서 와인 잔을 높이 들었다.

"그건 내가 장담하지, 후후후."

죽음의 이유

"덥다. 나라가 미쳐 가나? 경제도 안 좋은데 날씨까지 미쳐 가네."

혀를 쭉 내민 손채림은 손부채로 연신 얼굴을 향해 부치고 있었다.

"더 더워질 거야."

"헐?"

"지구온난화는 절대 남의 일이 아니라니까."

노형진 역시 더위를 이기기 위해 들고 있는 아이스커피 잔을 기울였지만 그 안에 있는 것은 얼음뿐이었기 때문에 입맛을 다시면서 내려놓을 수밖에 없었다.

"아니, 무슨 초여름이 이렇게 더워?"

"어쩌겠냐."

이렇게 더운 날씨는 계속된다.

초여름. 한창 더위가 시작되는 시점이니 더운 게 당연하다면 당연한 거지만 말이다.

"그나저나 여기로 오기로 한 사람은 오는 거야?"

"맞다니까."

"거참."

손채림은 새로운 사건을 물어 와서는 그 사건에 노형진의 도움이 절박하다고 했다. 노형진은 정식으로 사건을 수임하라고 했지만 그럴 수가 없다면서 직접 만나라고 설득한 것이다.

"그나저나 이번에 돈 좀 벌었다면서?"

"응?"

"너, 기름에 투자 좀 했다면서?"

"뭐, 했지."

노형진은 히죽 웃었다.

작년은 경기 불황이 시작된 해였다. 그걸 기억하고 있었던 노형진은 선물이라 불리는 기름에 투자해서 상당한 이득을 남겼다. 배럴당 40달러 선이던 시점에 기름을 선물 투자했다가 150달러일 때 팔아 버린 것이다.

"우우우…… 부럽다."

"하하하."

그로 인해 그의 재산은 한순간에 1.3배 가까이 뛰어 버렸다.

물론 그것보다 훨씬 큰 금 가격이 남아 있지만 노형진은 아무 말 없이 그저 웃을 뿐이었다.

'미안하지만 돈 좀 챙겨 놔야지.'

자신을 위한 게 아니다.

올해부터 대한민국 경제는 바닥으로, 그것도 아주 밑바닥으로 떨어지기 시작한다. 그 기간 동안 버티기 위해서, 그리고 자신이 목적하는 바를 이루기 위해서는 상당한 돈이 필요하다.

"그나저나 왜 안 오는 거야?"

"올 거야."

축 늘어진 채로 아이스커피를 마시는 손채림.

그렇게 무려 20분을 더 기다린 후에야 그들의 앞으로 한 사람이 앉았다.

"반가습니다."

노형진은 자신에게 말을 거는 중년 여성의 말투에 고개를 갸웃했다. 한국말이기는 한데 한국어치고는 발음이 이상했기 때문이다.

"이분은 조선족이야."

"조선족?"

노형진은 왜 그녀가 직접 새론에 사건을 맡길 수 없었는지 바로 이해되었다.

조선족, 즉 중국인 중에는 불법적으로 들어온 사람들이 많다. 당연히 그런 사람들은 섣불리 전면에 나서는 순간 바로 추방된다.

"죄송합니다, 식당 일이 많아서. 리영숙이라 합니다."

보아하니 식당에서 일하는 모양이었다. 그러면 늦은 것도 이해가 간다. 막 점심시간이 끝난 시점이니 생각보다 처리할 일이 많을 수밖에.

"저기, 무슨 일인지 모르지만 우리가 섣불리 담당할 수가 없겠는데요?"

"그런가요?"

거절의 의미로 받아들이고 침울한 얼굴이 되는 그녀.

그러자 손채림은 기가 막히다는 얼굴이 되었다.

"설마 불법체류자라고 안 된다는 거야?"

"반은 맞고 반은 틀려."

"응?"

"내가 이분을 무시해서 못 하겠다는 게 아니야. 무슨 소송인지 모르지만, 우리가 소송을 거는 순간 상대방은 이분을 강제 추방시키려고 할 거라고."

그렇게 되면 일이 복잡해진다.

정식으로 수임한 거라면 문제가 안 되지만, 그녀가 불법체류자일 경우 재판에 영향을 크게 줄 게 뻔하기 때문이다.

"뭐, 수임의 효력이 없어지지는 않겠지만 재판에 좋은 영향은 못 주겠지. 재판관들처럼 자기가 고귀하다고 생각하는 사람들의 눈에 불법체류자의 신고나 증언이 신빙성 있어 보이겠냐?"

"아……."

"내 개인적인 차별이 문제가 아니니 현실을 봐야지. 우리는 변호사야, 현실과 싸우는."

"하아…… 그건 그렇지."

손채림은 인정한다는 듯 고개를 끄덕거렸다. 하지만 그녀답게 빠르게 해결책을 알아냈다.

"그러면 우리가 정식으로 외국에서 받아서 한다고 한다면?"

"우리가 중국에서 직접 수입한다면? 그렇다면 전혀 법적인 문제가 없지. 도리어 재판부가 곤란해지지. 중국에서 고소한 걸 한국인이라고 편파 판결을 한다면 중국이 가만히 있겠어?"

불법체류자들은 중국의 보호에서도 암묵적으로 벗어난 사람들이다. 당연히 한국의 보호에서도 살짝 벗어나 있다.

"중국 국민과 대한민국의 불법체류자는 느낌이 다르니까."

만일 자국민이 대한민국의 재판에서 불이익을 받았다고 한다면 중국과 외교적 마찰이 생길 수도 있다. 당연히 재판부도 무시하지 않는다.

"그런가요?"

"자국민의 보호는 결국 자국의 자존심 문제니까요."

노형진은 그 말을 하면서 왠지 씁쓸했다. 해외에 만들어 둔 새론 법무 법인 지점들의 보고 때문이었다.

'어떻게 된 게 매년 매출이 늘어나는 건지.'

몇 번의 해외 사건 이후에 해외에 만들어 둔 새론 법무 법인은 주로 한국인들이 관광을 많이 가는 쪽에 있었고, 유럽에도 하나 있었다. 그런데 그쪽 매출이 제법 된다.

이게 무슨 뜻이냐 하면, 대사관이 제대로 일을 하지 않아서 일단 일이 터지면 새론을 찾아온다는 소리다. 애초에 그것 때문에 만들어 둔 곳이니까.

'그래도 아예 새론에 떠넘기는 건 너무하잖아.'

심지어 대사관을 갔더니 대사관 관할이 아니라면서 지점을 소개시켜 줬다는 소리도 제법 들려오고 있다.

문제는 사실 대사관 관할이 맞다는 것.

'에효.'

노형진이 자신도 모르게 한숨을 쉬자 손채림은 어리둥절했다.

"그래서 사건을 못 해 준다는 거야?"

"그게 아니라, 정식으로 나가서 해외에서 위임하라는 거지. 한국에서 우리한테 맡긴다고 해도 불법체류자 신분은 사건에 그다지 좋지 못하니까."

그 말을 들은 리영숙의 얼굴은 딱딱해졌다.

그럴 수밖에 없는 게, 나가서 사건을 맡긴다는 것은 다시는 들어오지 못한다는 뜻이기 때문이다.

"만일 못 받은 돈이 문제라면, 적은 돈이라면 포기하는 게 나을 겁니다. 불법체류라면 들어오지 못하십니다."

노형진은 진지하게 설명했다.

그녀가 불법체류자이든 아니든 그는 변호사로서 그녀에게 최선의 이익을 추구할 의무가 있기 때문이다.

"돈 때문이 아닙니다."

얼굴이 딱딱해진 리영숙은 곤혹스러운 얼굴이 되었다.

"그러면요?"

"제 아들이 한국에서 죽었습니다. 그런데 너무 억울합니다. 아들은 열심히 일했습니다. 죽을 이유가 없습니다."

"살인입니까? 그거라면 경찰에 신고해도 될 텐데요?"

"살인은 아닙니다. 하지만 너무 억울합니다."

"저기, 제대로 정리해 주셔야……."

그녀가 하는 말은 너무 중구난방이었다.

하긴, 중국에서 소수민족으로, 그것도 중국인들에게 무시받는 조선족으로 산 그녀가 제대로 된 교육을 받는 것은 무리가 있었을 테니 설명하기는 힘들었을 것이다. 거기에다 자신의 아들이 죽은 거라면 더더욱.

"내가 설명해 줄게."

결국 사전에 설명을 들은 적이 있는 손채림이 나서서 사건을 설명해 주기 시작했다.

"여기 리영숙 씨는 한국 들어온 지 7년째야. 뭐, 네 말대로 불법체류자야. 그리고 얼마 전에 한국에 들어온 아들이 한 명 있거든. 그런데 그 사람이 얼마 전에 죽었어. 회사에서 사고로."

"사고?"

"응. 아, 그리고 그 사람은 불법체류 한 게 아니야."

"그래서 그 사고에 대한 손해배상을 받고 싶으신 거야?"

"그래."

"흠…… 보통 배상은 해 주지 않아?"

"해 주기는 하지. 4천만 원 받았다고 하셔."

"4천?"

노형진은 고개를 갸웃했다. 그 정도면 적은 돈은 아니기 때문이다.

중국에서 4천이면, 우리나라 돈으로는 못해도 2억에서 3억 정도의 가치를 가진다.

물론 중국은 워낙 땅이 커서 지역마다 빈부 격차가 크지만 조선족이 주로 사는 쪽에서는 4천만 원이면 엄청나게 큰 돈이다.

더군다나 살인도 아닌 사고라면, 그 금액이면 보통 정도의 수준이라고 볼 수 있다.

물론 한 사람의 인생을 망가트린 것치고는 터무니없이 작은 돈이기는 하지만 말이다.

"추가적으로 손해배상을 더 받고 싶으신 건가요?"

리영숙은 고개를 흔들었다.

"아니요. 저는 진실을 원합네다."

"진실?"

"네."

"진실이라니요?"

"우리 아들이 죽을 이유가 없습니다. 물론 사고라고 하지만 제 아들은 부지런할 뿐만 아니라 조심성이 많습니다. 일을 하다가 사고로 갑자기 죽는다는 건 말도 안 됩네다."

"사고는 누구인지 알고 찾아오는 게 아닙니다."

사고는 예고 없이 찾아온다. 말 그대로 사고事故인 것이다, 언제 어떻게 찾아올지 모르는.

"압네다. 하지만 제 아들이 할 실수가 아닙네다."

"아니라고요?"

"제 아들이 헬멧을 쓰지도 않고 공사 현장으로 갔다는 건 말도 안 됩네다. 저한테 사진을 보낼 때마다 헬멧을 쓰고 있었습네다."

"네?"

"보시라요."

자신의 핸드폰을 들어서 보여 주는 리영숙.

노형진은 그 핸드폰 너머에서 안전모를 쓰고 환하게 웃는 젊은 남자의 얼굴을 발견할 수 있었다.

"그런데 아들이 안전모도 안 쓰고 현장에 갔다가 떨어진 벽돌에 맞아서 죽었다는 건 말도 안 됩네다."

"그러면 경찰에 신고해야지요."

"해 봤어."

"해 봤다고?"

노형진은 손채림의 말에 그녀를 바라보았다.

"아무래도 영숙이 아줌마는 입장이 있어서 내가 신고했거든. 그런데 이건 사고로 처리된 거라 수사할 이유가 없대."

"그건 당연하다면 당연한 건데……."

이건 경찰의 무능을 탓할 게 아니다.

모든 사건이 이상하다는 이유로 재수사하기 시작하면 우리나라 국민의 10%가 경찰이라고 할지라도 인원은 부족할 테니까.

"그래서 우리한테 맡기고 싶다고?"

"그렇대."

"제가 가진 게 이거뿐입네다. 전 돈도 좋지만 제 아들이 왜 죽었는지 알고 싶습네다."

"우리는 탐정 같은 게 아닌데요."

가방을 내미는 리영숙을 보면서 노형진은 곤혹스러웠다.

스포츠 백은 누가 봐도 네모난 틀이 잡혀 있었다. 즉, 그 안에 돈이 들어 있다는 소리다. 이 정도 크기의 가방에 모양이 드러날 정도의 무게라면 아마도 4천만 원 전부일 것이다. 그것도 만 원짜리로 말이다.

"어…… 그건 필요 없습니다."

노형진은 곤혹스럽게 손을 저었다.

"우리는 변호사지, 경찰이 아닙니다."

"하지만 경찰은 수사를 안 해 준다고 했습네다."

"그렇다고 우리한테 맡기시면…….'"

노형진이 곤란해하자 손채림은 노형진의 옆구리를 쿡 찔렀다.

"어차피 변호하려면 사건을 처음부터 다시 검토해야 하잖아."

"그거야 그렇지만 그건 말 그대로 검토지, 수사가 아니라고. 더군다나 이건 살인 사건이나 실종도 아닌 단순 사고라면서?"

노형진은 손채림에게 작게 말하면서 중얼거렸다.

"사고에 대해서 무슨 말을 해? 돈을 더 달라는 거라면 이해할 수 있지만."

사실 아무리 죽은 사람이 중국인이라고 해도 소송하면 돈을 더 받아 낼 수 있을지도 모른다. 그런데 리영숙이 요구하는 것은 돈이 아닌 진실이었다.

"진실이 뭔데?"

"나야 모르지. 그러니까 부탁하는 거 아냐?"

"그러니까 그게 뭔지도 모르는데 어떻게 변호사가 넙죽 의뢰를 받느냐고. 우리는 변호사지, 탐정이 아니야."

속닥거리는 두 사람.

그런 모습을 보던 리영숙은 침울하게 말했다.

"전 억울해서 아직 아이 장례도 못 치렀습네다. 제가 할 수 있는 건 그 아이의 죽음에 대한 진실을 알아내는 것뿐입네다."

"저기, 그건 경찰에 맡기셔야…….."

노형진으로서는 계속 반복되는 대화가 피곤할 뿐이었다. 이건 자신들이 나설 일이 아니다.

"혹시 사고가 아닐 수도 있잖아."

"그게 무슨 소리야? 사고가 아니라니?"

"나도 생각 없이 이 사건을 가지고 온 게 아니야."

"응?"

노형진은 고개를 갸웃했다.

"그럼 뭔가 알아냈다는 거야?"

"알아낸 건 아니고, 이상한 소문이 돌아서 그래."

"이상한 소문?"

"그래."

손채림은 자신이 들었던 소문에 대해 설명하기 시작했다.

현재 손채림이 살고 있는 주거 지역에는 중국인들이 많이 살고 있다. 그녀에 대한 집안의 지원이 끊어지는 바람에 가진 돈으로 좋은 집을 구하는 데에는 한계가 있어, 상대적으로 주거비가 싸서 중국인들이 적잖이 살고 있는 곳에 살고 있기 때문이다.

"무슨 소문?"

"내가 사는 빌라에 아무래도 중국인이 많이 모여 살거든."

노형진의 얼굴이 살짝 어두워졌다. 왠지 자신이 그녀를 그런 곳에 던져 둔 느낌이 들어서였다.

"왜 그래?"

"아니야. 계속 얘기해."

노형진은 그건 나중에 이야기하자고 생각하고 일단 말을 재촉했다.

"그런데 내가 본 것만 벌써 여덟 번째 장례식이야."

"뭐라고?"

노형진은 그녀의 말에 고개를 갸웃했다.

"그 동네에서?"

"그렇기는 한데, 아무래도 내 주변이지."

"그런데 벌써 여덟 번째 장례식이라고?"

"응."

"그게 말이나 되냐?"

사람이 언제 죽을지 모른다고 하지만 그건 어디까지나 개인적인 이야기이고, 통계학적으로 보면 한 지역에서 어느 정도 정해진 사망자가 발생하기 마련이다.

그런데 손채림의 말대로라면 한 지역에서, 그것도 손채림이 인지할 만한 극도로 작은 지역에서 벌써 여덟 번째 사망자가 나타났다는 소리였다.

"그런데 다 중국인이고, 거기에다 한창 젊은 나이에 사고 사더라고."

"뭐라고?"

이건 우연치고는 말도 안 되는 우연이었다.

물론 중국인들이 한국에서 하는 일이 사람들이 기피하는 3D 업종, 즉 더럽고 위험하며 힘든 업종인 것인 사실이다. 하지만 그렇다고 해도 사망자가 그렇게 많이 날 정도로 큰일 은 아니다.

"이상하지 않아?"

"확실히 이상하기는 하네. 그래서 이분을 모시고 온 거야?"

"응, 내가 가는 식당에서 일하는 분이거든. 그런데 아드님 이 죽었다고 하셨어."

"이상하기는 한데."

노형진은 기대에 찬 얼굴로 자신을 바라보고 있는 리영숙 에게 시선을 돌렸다.

그녀의 눈빛은 이렇게 말하고 있었다, 내 아들이 이렇게 멍청하게 죽을 리 없다고.

'확실히 이상하기는 한데……. 경찰에서는 사고로 처리했 단 말이지…… 하아.'

사실 무조건 경찰만 믿을 수는 없는 게 현실이다.

회귀 전에 담당했던 수많은 사건 중에는 살인 사건을 사고 로 꾸민 경우도 많았는데, 경찰이 그걸 찾아내는 비율은

30% 정도도 되지 않았다.

그나마도 그런 사건의 희생자들은 한국인에 부유층이다.

상대적으로 하층민, 그것도 외국인 노동자인 중국인에 대한 수사를 제대로 하기를 기대하는 것도 참 멍청한 짓이기는 했다.

'엄밀하게 말하면 변호사가 할 일이 아니기는 한데……'

그렇다고 해도 사건이 께름칙한 것은 사실이다.

"일단은 해 보죠."

"감사합네다."

노형진에게 고개를 숙여서 인사하는 리영숙.

"하지만 원하는 결과가 나올 거라는 기대는 하지 마세요."

노형진은 그렇게 말할 수밖에 없었다.

⚖

"여기서 뭘 어쩌려고?"

공사장의 보안은 그다지 높지 않다.

물론 고철을 훔쳐 가는 인간들도 있기 때문에 아예 없는 건 아니지만 그런 건 대부분 차량 최소한 리어카 정도는 필요하기 때문에 맨몸의 노형진에게 신경 쓰는 사람은 별로 없었다.

"경찰에 부탁해서 사고 현장을 확인했어. 그게 여기더군."

"그런데?"

"일단 현장을 확인해 보는 게 기본이잖아. 이건 어차피 법적으로 사고인 것으로 결론이 난 거잖아."

"그건 그렇지."

"그러니까 그렇지 않다는 증거를 찾아야지."

"그렇겠네."

손채림은 노형진의 말에 수긍하고 고개를 끄덕거렸다.

하지만 노형진이 여기에 온 것은 단순히 현장 확인을 하기 위해서가 아니었다.

'간단하게 가자고, 간단하게.'

노형진에게는 기억을 읽는 능력이 있다. 그리고 사고가 발생한 시간을 정확하게 알고 있다.

그러니 그걸 읽어 내기만 하면 되는 것이다.

'현장을 두 눈으로 볼 수 있는데 발로 뛸 필요가 뭐 있겠어?'

여전히 이상하다는 생각을 하기는 하지만 그렇다고 처음부터 맨땅에 헤딩할 생각은 없었기 때문에 노형진은 기억을 읽기 시작했다.

그러나 그는 그다음 순간 고개를 갸웃할 수밖에 없었다.

"어?"

"왜 그래?"

"아니야."

노형진은 머리를 흔들면서 다시 정신을 집중했다. 겉으로는 주변을 둘러보는 것처럼 보이겠지만 말이다.

'이상한데?'

분명히 사고가 벌어진 시점의 기억을 읽었다. 그런데 읽히는 것은 아무것도 없었다.

'이건 뭔가 잘못된 건데?'

물론 사고 시간이 정확하라는 법은 없다. 하지만 사고가 난 직후라면 최소한 사람들이 웅성거림이나 소란은 있어야 한다.

그런데 아무런 흔적도 없었다. 너무 무심하게 일해서 제대로 기억을 읽기조차 힘들 정도다.

'이상한데? 시간을 잘못 알았나?'

그럴 리 없다. 더 이른 시간에는 출근할 리 없기 때문이다.

'다른 장소인가? 아니야. 여기 맞는데?'

노형진은 결국 기억을 읽는 것을 포기하고 주변 사람들에게 물어보기 시작했다.

"혹시 여기에서 사고 난 적 있습니까?"

"사고? 난 모르겠소."

"그런 소리 처음 듣는데?"

"그런 일 없소이다."

다들 무심하게 고개를 흔들면서 멀어졌기 때문에 노형진은 어리둥절할 수밖에 없었다.

심지어 사건을 가지고 온 손채림조차 자신이 잘못 안 건가

하는 얼굴이 되었다.

"이상하다. 경찰 조사 결과에는 여기에서 사고가 났다고 되어 있는데?"

"글쎄…… 일단 여기에 있는 사람들은 일용직이니 그 당시 사고를 모를 수도 있지 않을까?"

"그거야 그렇지만……."

손채림에게 말하면서도 노형진은 이상한 기분을 감출 수가 없었다.

아무리 일용직이라고 해도 사고에 대한 소문까지 사라지는 것은 아니다. 그런데 사고 자체에 대해 모른다는 것은 말도 안 된다.

"당신들, 뭐야!"

그때 한 사람이 다가오는 것이 보였다.

그는 순찰을 돌다가 양복을 입은 노형진이 수상하다고 느낀 것이다.

"노형진이라고 합니다. 이곳에서 벌어진 사고에 대해 조사 중입니다."

"사고?"

"네, 리황구라고 하는 조선족 노동자 사고에 대해 조사 중입니다."

그 사람은 오만상을 찡그리면서 노형진을 무섭게 노려보기 시작했다.

"당신이 뭔데 그걸 캐물어?"

"리황구 씨의 어머니인 리영숙 씨의 변호사입니다. 이번 사건을 의뢰받아서…… 억!"

노형진이 명함을 건네려고 하는 순간 그의 멱살을 잡아 올리는 남자.

"그 미친년이 결국 매를 부르네. 이 새끼야, 여기가 어딘지 알아? 공사장이야, 공사장. 하루에도 몇 번씩 사고가 나는 곳이라고."

"컥컥."

"좆도 모르는 새끼가 어디서 끼어들어? 그렇게 억울하면 뒈져 버린 자식새끼 불알이라도 만지라고 그래. 뭘 어디서 병신 같은 놈이."

노형진을 패대기친 남자는 무서운 눈으로 노형진을 노려보았다.

"야, 이 새끼 끌어내!"

"네?"

"끌어내라고! 너, 내일부터 일하기 싫어?"

눈치를 보면서 다가오는 남자들.

노형진은 손을 들어서 그들을 말렸다. 그리고 아픈 목을 쓰다듬으면서 일어났다.

"제가 알아서 나가겠습니다."

"꺼져, 이 새끼야!"

노형진을 보고 으르렁거리는 남자.

노형진은 목을 쓰다듬으면서 그 공사 현장을 나왔다.

손채림은 당장 전화기를 들 기세였다.

"폭행으로 신고라도 해야 하는 거 아냐?"

"해 봐야 의미 없어."

"뭐?"

"보면 몰라? 저 녀석, 뭔가 감추고 있어."

"진짜야?"

"그래."

물론 진짜 뭘 감추고 있는지는 알아내지 못했다. 그가 멱살을 잡았을 때 그의 기억을 읽으려 했는데, 바로 내던져졌기 때문이다.

그래서 제대로 기억을 읽어 내지는 못했지만 한 가지는 확실했다.

'뭔가 두려워했어.'

자신이 귀찮은 게 아니라 뭔가를 두려워했다.

만일 문제가 없다면 두려운 감정이 아닌 귀찮은 감정을 가졌어야 한다.

'뭔가 있다.'

노형진은 쓰라린 목을 만지작거리면서 높아져 가는 아파트 건축 현장을 바라볼 뿐이었다.

"장례를 치르지 않았다고 하셨지요?"

"네."

노형진은 바로 리영숙을 찾아갔다. 뭔가 확인해 볼 게 있었기 때문이다.

"그러면 아드님의 시체를 볼 수 있을까요?"

"시체를요?"

"네."

"그게……."

그녀는 우물쭈물하면서 뭐라고 말을 하지 못했다.

노형진은 그걸 보고 일이 곤란하다는 것을 느꼈다.

"무슨 문제가 있습니까?"

"제가…… 돈을 못 내서……."

"돈을 못 내요?"

"네……."

"무슨 돈을…… 아……."

노형진은 대충 알 것 같았다.

이제 여름에 들어가는 시점에 시체를 바깥에다 둘 수는 없다. 당연히 병원에 맡겨야 한다. 그리고 이런 말 하기는 그렇지만, 병원의 입장에서는 그건 냉동 저장일 뿐이다.

"사용료를 내지 못하셨군요."

"변호사님이 비싼 줄 알고…….."

"지난번에 돈을 돌려 드렸잖습니까?"

"그렇기는 하지만…….."

노형진은 그녀가 왜 그러는지 알아차렸다. 자신이 돈을 내는 순간 당장 아들의 시체를 빼 버릴지도 모른다는 생각에 섣불리 돈을 내지도 못했던 것이다.

"걱정 마세요. 돈을 내면 시체 처리 못 합니다."

"그래요?"

"네."

더군다나 범죄 의혹이 있는 사건의 시체라면 더더욱 그렇다.

"일단 비용을 내세요. 그 이후에는 제가 알아서 하겠습니다."

노형진은 리영숙을 설득했고, 얼마 지나지 않아서 병원의 안내를 받아서 시체 보관실로 갈 수 있었다.

"으으…….."

손채림은 얼굴이 완전히 사색이 된 채로 옆에 서 있었다.

"무서우면 나가 있지?"

"그…… 그래도 나름 법 쪽 일 하려고 하는 건데…….."

"원래 법 쪽 일 한다고 시체 볼 일은 없어. 그건 검사나 그렇지. 난 변호사고, 넌 일반 직원이잖아."

"그…… 그래도…….."

"거참, 고집은."

노형진은 이를 악물고 버티는 그녀를 데리고 시체 보관실로 향했다. 그곳에서는 직원이 기다리고 있었다.

"소식은 들었습니다. 이쪽으로."

노형진과 손채림은 안내받아서 안쪽으로 들어갔고, 채 1
분도 지나지 않아서 우당탕 소리와 함께 손채림은 바깥으로
뛰쳐나왔다. 그리고 바깥에 있는 쓰레기통을 붙잡고는 토악
질을 하기 시작했다.

"거참."

안쪽에 남은 노형진은 혀를 끌끌 차면서 다시 시선을 시체
쪽으로 돌렸다.

사실 그녀가 그렇게 갑자기 뛰어나간 것을 이해하지 못하
는 것은 아니었다.

"괜찮으세요?"

"네."

"보통은 뛰어나가시던데."

"뭐, 경험이 있긴 하거든요."

법만으로 싸우는 한국 변호사와 다르게 미국 변호사는 뭐
든 한다. 당연히 담당한 사건에 시체가 있으면 확인하기 마
련이다.

"흠."

노형진은 리황구의 시신을 살폈다.

'위에서 떨어진 벽돌 더미에 맞아서 사망이라…….'

그 때문에 머리가 깨지고 두개골이 함몰되어서 죽었던 것

이다.

"검시는 따로 안 합니까?"

"명백하게 사고인 경우에는 따로 안 합니다. 경찰도 부검 요청 안 했구요. 어차피 부검은 우리가 하는 것도 아니고."

'그렇지.'

우리나라의 부검은 국과수에서 하게 되어 있다. 그러나 사회에서 인정받는 의사가 공무원을 하려고 할 리 없으니 부검의가 부족할 수밖에 없어 부검이 엄청나게 밀려 있다. 그래서 이런 확실한 사고는 부검하지 않는다.

'확실하다라……'

노형진은 그렇게 말하면서 시체를 살폈다. 그리고 고개를 갸웃했다.

"왜 그러십니까?"

"멍이 앞에 있네요?"

"벽돌에 맞았으니까, 뭐."

직원이야 의사도 아니고, 리영숙의 부탁을 받았을 뿐이다. 돈은 지불되었으니 그걸 해 주지 않을 이유가 없다. 그래서 보여 준 것뿐이다.

'이상해.'

시체는 분명히 위에서 떨어진 벽돌에 맞아서 죽은 것이 확실하다. 사건 현장에 있던 벽돌도 그렇고, 공사 현장이라는 점도 그렇고 말이다.

그런데 시체를 보니 이상한 점이 있었다.

'왜 멍이 앞에 있지?'

멍이 리황구의 시신의 앞쪽에 몰려 있었던 것이다.

"원래 이 멍이 앞에 있었나요?"

"네."

"그럼 소견서 같은 건 없습니까?"

"소견서 정도는 있지요."

소견서를 가지고 온 직원.

노형진은 그걸 살피고는 고개를 흔들었다. 의사가 작성한 게 맞기는 하지만 그는 인간의 반사 신경에 대해 전혀 감안하지 않고 쓴 것이었다.

"하늘에서 떨어진 벽돌에 맞아서 뒤로 넘어지다가 전면으로 벽돌에 맞아 머리 부분이 함몰되면서 사망이라……."

일견 있을 수 있는 일이다. 하지만 반사 신경이라는 것은 그런 놈이 아니다.

"보통 하늘에서 뭐가 떨어진다고 하면 당신은 어떻게 합니까?"

"네?"

"하늘에서 뭐가 떨어진다고 생각해 보세요. 당신이라면 어떻게 할 겁니까?"

"그거야……."

잠시 생각하던 직원은 엉거주춤하게 웅크렸다.

"머리를 보호하겠지요?"

"네, 그게 정상입니다."

인간의 생존 본능은 머리부터 보호하려고 한다. 당연히 하늘에서 뭔가가 떨어진다면 머리를 보호하기 위해 몸을 웅크리고 손으로 머리를 감쌀 것이다.

'그런데 멍이 앞에 몰려 있다?'

물론 보고서의 기록대로 맞아서 뒤로 넘어갈 수도 있다. 그렇다면 더더욱 당연히 머리를 보호하기 위해 손을 들어서 막을 것이다.

'그런데 손이 깨끗해.'

머리가 깨질 정도의 충격을 받았을 테니 손이 부러지고 멍이 들고 상처가 나야 한다. 그런데 손 자체는 무척이나 멀쩡했다.

"잠깐 다리 좀 보여 주시겠습니까?"

"다리요?"

"네."

노형진은 덮여 있는 다리 부위를 확인했다. 다리도 무척이나 깨끗했다.

"왜, 이상한가요?"

"이상하지요."

"네?"

직원은 고개를 갸웃했지만, 노형진은 그저 심각한 얼굴로 시신을 바라볼 뿐이었다.

"괜찮아?"

"전혀."

처음으로 시신이라는 것을 본 손채림은 얼굴이 창백했다. 그것도 사고로 머리가 깨진 시체를 봤으니 그 충격이 적지는 않았던 것이다.

"넌 어떻게 멀쩡해? 이런 거 보는 게 일인 거야?"

"그럴 리가 있나."

"그럼?"

"그냥 경험이 있다고 쳐."

"넌 나 모르는 사이에 무슨 일을 겪은 거야?"

어처구니가 없다는 얼굴이 되는 손채림이었다. 자신과 헤어진 후에 도대체 무슨 일을 겪은 건지 감이 오지 않았을 것이다.

물론 특별히 노형진이 시체를 볼 일은 없다. 그가 멀쩡한 것은 회귀 전 경험 덕분이다.

"그런데 너, 이런 사건에 대해서 알아?"

"응?"

"전에 주변에서 사건이 많이 벌어진다면서?"

"아, 그렇지."

그래서 노형진에게 사건을 가지고 온 것이다. 손채림이 봐도 이상할 정도로 사망자들이 많이 생겼기 때문이다.

"혹시 그 사건에 대해 아는 거 있어?"

"아는 거?"

"그래. 어떻게 죽었다든가, 어디서 죽었다든가."

"글쎄? 그건 잘 모르는데. 듣기로는 감전사한 사람이 한 명, 추락사한 사람이 한 명이라고 했던 것 같은데? 나머지는 잘 몰라."

"그래?"

손채림이 아는 사건은 여덟 건. 그중 한 건이 이번 건이니 남은 것은 다섯 건이다.

'추락과 감전이라…….'

노형진은 씁쓸한 얼굴로 턱을 쓰다듬었다.

"아무래도 확실하게 짚고 넘어가야 할 게 있어."

"무슨 소리야?"

"이건 내 선에서 해결할 수 있는 게 아니라는 거야."

노형진의 말에 손채림은 얼굴이 창백해졌다.

"설마…….."

단순 사고라면 노형진이 처리하지 못할 이유가 없다. 그런데 그가 처리하기 힘들다고 한다면 그건 심각한 일이 된다.

"그래, 이건…… 살인이야. 그것도 계획적인 살인."

노형진은 아까 시신에 난 멍을 생각하면서 걱정스럽게 중얼거렸다.

죽음을 거래하는 회사

"살인?"

"네, 그렇게 생각합니다."

노형진의 말에 송정한은 어이가 없다는 표정이 되었다.

"그게 무슨 말인가? 살인이라니? 지금 무려 여덟 건의 살인이 벌어졌다는 거야?"

"최소한요."

"최소한이라니……."

창백한 얼굴이 되는 송정한.

그럴 수밖에 없는 게, 최소 여덟 건이라면 이건 엄청난 사건이기 때문이다.

"경찰이 왜 그걸 몰라?"

"모든 것은 계획적으로 치밀하게 사고사로 처리되었을 겁니다. 만일 채림이가 가지고 온 사건이 감전이나 익사, 추락사 같은 것이라면 아마 저도 몰랐을 겁니다."

"그럼 이번 사건이 특수한 것 아닌가?"

"같은 지역에서 중국인이 업무 중 사고로 다수가 죽을 가능성이 얼마나 될 거라고 생각하십니까?"

"음……."

노형진의 말에 송정한은 아무런 말도 할 수가 없었다. 그다지 높지 않다는 것을 깨달았기 때문이다.

확률적으로 그 가능성을 따진다면 아마도 1% 미만일 것이다.

"도대체 이번 사건이 뭐가 다른 건데……요?"

손채림은 어색하게 물었고, 노형진은 가방에서 미리 준비한 사진을 사람들에게 돌렸다.

그리고 그 사진을 본 사람들은 얼굴이 핼쑥해졌다. 특히 두 눈으로 본 적이 있는 손채림은 거의 토할 것 같은 얼굴이었다.

"이게 이번 사건의 희생자입니다. 제가 이상하게 생각하는 것은 첫 번째, 왜 얼굴 전면으로 멍이 몰려 있느냐는 겁니다. 사람은 위에서 뭐가 떨어지면 본능적으로 웅크립니다."

"하지만 보고서에 따르면 첫 번째 물건에 맞아서 쓰러진 거라면 그럴 수 있다고 하지 않나?"

"네, 그럴 수도 있지요. 제가 두 번째로 이상하게 생각하는 것은, 얼굴로 떨어지는 걸 알면서도 왜 피해자는 막지 않았을까요?"

"응?"

"세상에 벽돌이 눈앞으로 떨어지는데 그걸 구경만 하는 사람이 어디에 있습니까?"

다들 수긍이 갔다. 하지만 그것 역시 이론적으로 방어가 가능하다.

"만일 첫 번째 타격에서 기절했다면?"

"그렇다면 확실히 손은 멀쩡할 수도 있지요."

"그렇다고 살인인 건 아니지 않은가?"

"세 번째 문제는 두 번째 문제와 비슷합니다. 이 보고서에 따르면 7층 높이에 있는 벽돌 무더기가 떨어지면서 강타했다고 되어 있습니다. 그런데 7층 높이에 있는 벽돌이 떨어지면서 사람의 상부, 그것도 명치 위의 전면만 강타할 가능성은 얼마나 될까요?"

"아······."

다들 뭔가 깨달은 듯 시신을 자세하게 보기 시작했다.

좋은 모습의 사진은 아니지만 확실히 부자연스러웠다.

"팔과 다리가 멀쩡해?"

"네, 타격 부위는 허리 위 상부, 특히 명치를 기준으로 위쪽에 몰려 있습니다. 배 부위에도 좀 있지만 흔적은 거의 없지요."

"확실히 이상하군."

김성식 변호사 역시 오랜 기간 검사 노릇을 한 경험을 기반으로 판단하면서 이상하다는 생각을 했다.

"위에서 한꺼번에 맞았다고 하면 그 타격은 주로 어깨 쪽에 쏠렸을 거야. 그런데 정작 어깨에는 멍이 없군."

"네, 더 웃긴 건 최초 타격으로 추정되는, 그러니까 리황구가 쓰러졌다고 보이는 타격은 뒤통수라는 거죠."

이건 말도 안 된다. 그렇다면 당연히 그 반작용으로 인해 리황구는 뒤가 아닌 앞쪽으로 쓰러졌어야 했다.

"뭔가 이상한 사건이군."

송정한도 점점 사건이 이상하다는 것을 느꼈다.

"거기에다가 멍의 색을 보세요."

"응?"

"동일한 무게를 가진 동일한 물품이 동일한 높이에서 가격했다면 당연히 멍든 것도 비슷해야 합니다. 그런데 멍의 색깔도 너무 들쑥날쑥하지 않습니까?"

"그것도 그렇군."

물론 부위마다 차이가 있을 수는 있다. 그렇지만 아무리 그렇다고 해도 너무 차이가 심하다.

어떤 부위는 형태만 잡혔는데, 어떤 부위는 시퍼렇게 변했다.

"하지만 왜 이런 식으로 변하는 거죠?"

무태식 변호사는 고개를 갸웃했다. 살인이라면 위에서 벽돌을 밀었다는 소리라고 받아들인 것이다.

"이건 위에서 벽돌이 떨어진 게 아닙니다."

"그게 무슨 소리입니까?"

"이런 거죠."

노형진은 가방에서 커다란 벽돌을 꺼냈다. 그리고 그걸 풀 파워로 바닥을 향해 휘둘렀다.

놓치지는 않았지만 '휭' 하는 살벌한 소리가 회의실 전체로 울려 퍼졌다.

"뭐야? 설마 벽돌로 패 죽였다는 거야?"

어이가 없어진 손채림이 자신도 모르게 반말로 묻자, 노형진은 고개를 끄덕거렸다.

"제 생각은 이렇습니다. 그를 현장으로 데리고 옵니다. 그 후에 뒤통수를 이 벽돌로 내리치는 거죠. 즉사했는지, 아니면 기절했는지는 알 수 없습니다. 그렇지만 결과적으로 상대방은 움직이지 않습니다."

노형진은 신문 한 장을 바닥에 길게 펼쳤다. 그리고 벽돌을 꽉 집어 들었다.

"이 신문이 희생자라고 생각해 보세요. 이 사람은 저항하지 못하고, 공격자들은 위에 있습니다. 그 후에 공격자들은 벽돌을 들고 쓰러진 희생자에게 휘둘러서 내려치는 겁니다."

"아!"

그렇게 되면 전면에 멍이 몰려있는 것이 설명된다.

그리고 일반적으로 사람이 누군가를 공격할 때는, 특히 뭔가 던져서 공격할 때는 몸통을 노린다. 그것도 치명적인 상체 부위를 노리지, 팔이나 다리를 노리지 않는다.

"왜 멍이 상체에 있는지 이해되는군."

"그리고 멍의 색깔이 다른 이유도 됩니다. 일단 다수가 공격한다고 하면 각자 힘이 다르니까요. 그리고 뭔가를 던져서 사람을 패 죽인다는 것은 생각보다 힘이 많이 듭니다. 당연히 온 힘을 다해서 휘두른다면 힘이 빠지지요."

그렇게 되면 나중에 던지는 것은 당연히 멍이 흐려질 수밖에 없다.

"누군가가 죽었다는 정황증거와 정확하게 일치하는군."

"네, 그리고 하나 더 이상한 게 있습니다."

"이상한 거?"

"이 사진을 보시죠."

노형진은 경찰서에서 받아 온 사진을 주변에 돌려 보게 했다.

"이게 왜? 현장 사진 아닌가?"

"네. 그런데 이상한 점 못 느끼십니까?"

"이상한 점?"

"이 사진은 사건 당시에 찍은 겁니다. 이 사건 기록대로라면 무려 이백 개가 넘는 벽돌이 7층 높이에서 떨어져서 피해자를 덮친 겁니다. 그런데 7층 높이에서 떨어진 벽돌이 피해자 한 명만 덮쳤을 리 없죠."

이것이 법이다

손채림은 바로 이상한 것이 뭔지 알아차렸다.

"자국!"

"자국?"

"이거 보세요. 공사 현장의 바닥은 벽돌 같은 게 아니에요. 흙으로 된 곳이라고요. 그런데 바닥에 벽돌로 파인 흔적이 전혀 없어요."

"그렇군!"

7층에서 떨어지는 벽돌의 위력은 어마어마하다. 사람의 머리를 깨고 치명상을 입힐 수 있을 정도의 물건 수백 개가 바닥에 떨어졌는데, 정작 바닥에는 그런 흔적이 없다.

"그리고 그 정도 충격이면 아무리 맨바닥이라고 해도 벽돌 중 다수가 깨져야 정상입니다. 먼저 떨어진 벽돌과 충돌할 수도 있지요."

"없군."

송정한은 심각하게 사진을 보면서 말했다.

사진 속에 나와 있는 벽돌은 너무나도 멀쩡했다.

3층에서만 떨어져도 벽돌이 깨질 텐데 여기에 있는 벽돌들은 7층에서 떨어진 것치고는 너무 멀쩡했다.

"그리고 제 개인적인 생각으로는 벽돌이 퍼져 있는 반경도 너무 작은 듯합니다. 사건 당시 희생자의 주변으로만 퍼져 있었으니까요."

"그렇다는 건?"

"누군가 희생자를 죽인 후 범죄를 은폐할 목적으로 그곳에 벽돌을 놓은 겁니다."

"음⋯⋯."

노형진의 말에 김성식 변호사는 작게 신음을 냈다.

검사 노릇을 하면서 사람을 죽이고 사고로 위장하려고 하는 경우는 많았지만 이런 경우는 처음이었기 때문이다.

"하지만 어째서?"

"그게 문제입니다. 어째서일까요?"

일반적으로 이러한 식의 사건은 유산이나 원한 문제인 경우가 많다. 사고로 처리해야 유산상속이 쉽거나 범인으로 지목받지 않기 때문이다.

하지만 희생자인 리황구는 유산을 남길 만큼 가진 것도 없고 원한을 살 만큼 한국에 오래 있지도 않았다. 확실하지는 않지만 리황구가 누군가에게 원한을 살 만큼 크게 성격이 나쁜 것도 아니라고 했다.

"더군다나 이런 행동을 한 것을 보면 한두 명이 한 게 아니라는 건데요."

혼자서 그를 끌어내고 죽일 수는 있어도 수백 개의 벽돌을 던져서 이렇게 뚜렷한 멍 자국을 만드는 데에는 한계가 있다.

"도무지 그를 죽인 이유를 알 수가 없습니다."

"흠⋯⋯."

송정한은 심각한 얼굴로 사건 기록을 바라보았다.

"자네는 어떻게 생각하나? 우리가 알아낸 것을 가지고 경찰에 신고하면 수사해 줄 것 같나?"

"해 줄 리 없지요."

노형진은 피식 웃었다. 기분 좋은 웃음이 아닌 비웃음이었다.

"하아."

자신들이 나름 정리했지만 이 모든 것은 다 정황증거일 뿐이다. 그리고 경찰은 이미 이 사건을 비롯한 다른 사건들을 모조리 사고로 처리한 상황.

"이 상황에서 잘못을 인정하고 사건을 처음부터 수사한다고요? 경찰이 그런다면 세상이 참 살기 좋을 겁니다."

"하긴⋯⋯."

바로 얼마 전에도 증거를 조작하고도 그걸 인정하지 않기 위해 싸우는 경찰 조직과 치열하게 싸웠다. 범죄나 마찬가지인 증거 조작에 대해서도 그 지경인데, 하물며 경찰의 단순 초동수사 실수에 대해 인정할 리 없다.

"우리가 가지고 가 봐야 접수만 하고 들여다보지도 않을 겁니다."

그리고 시간이 지난 뒤에 나름 조사해 봤는데 혐의가 없다, 그런 식으로 발표해 버리면 끝이다.

"그러면 우리가 조사해야 한다는 건데⋯⋯ 우리는 탐정이 아닐세. 변호사야."

"그건 그렇지요. 하지만 탐정 노릇 하지 말라는 법은 없지 않습니까? 전에도 이런 식으로 변호사가 직접 발로 뛰어야 하는 사건은 많았습니다."

"그거야 그렇지."

그때마다 새론과 노형진은 발로 뛰었고, 그 덕분에 다른 곳과 비교도 할 수 없는 엄청난 승소율을 자랑하는 것이다.

"하지만 이건……."

그건 어디까지나 민사에 관련된 부분이나 상대방이 범죄자일 경우다. 그런데 이건 민사도 아닐뿐더러 범죄에 대해 증거도 없다.

"검찰 쪽은 어떻습니까?"

결국 송정한은 김성식 변호사를 바라보았다.

경찰이야 애초에 자신의 실수가 있으니 사건을 덮으려고 할 게 뻔한 일. 하지만 검사라면 어쩌면 다를지도 모른다는 생각이 든 것이다.

"애석하게도…… 무리일 듯합니다. 이런 사건은 경찰과 검찰이 한 몸처럼 움직이니까요."

"으음……."

평소에는 으르렁대고 싸우기 바쁜 검경이지만 이런 경우에는 묘하게 죽이 잘 맞는다.

그럴 수밖에 없는 게, 검찰은 기소 독점권을 가지고 있다. 즉, 경찰이 가지고 온 수사 기록을 검토해서 기소를 결정한다는 건데, 이런 사건을 단순 사고로 처리했다는 것은 검사가 일하지 않고 대충 처리했다는 뜻이다.

'이건 단순히 경찰의 치부뿐만 아니라 검사의 치부이기도 하지.'

그렇다면 당연히 검찰 쪽에서도 어떻게든 사건을 덮으려고 할 것이다.

"끄응…… 우리가 직접 발로 뛰는 수밖에 없다는 소리군."

송정한은 한심스러운 얼굴로 말했다.

"그래도 한번 해 봐야지요."

의뢰인을 지키기 위해서는 누군가는 뛰어야 하는데, 그 누군가는 변호사일 수밖에 없었다.

⚖

"괜찮으시겠습니까, 사건도 많을 텐데?"

"이번 건은 은폐가 조직적으로 벌어지고 있는 사건일세. 그런 사건을 제대로 조사하려면 검찰 쪽 힘이 필요할 거야. 아무리 끼리끼리 한다고 해도 인맥은 무시 못 하니까."

김성식 변호사는 사건의 중요함을 느낀 건지 자신이 직접 해결해 보겠다고 전면으로 나섰다.

물론 노형진으로서는 훨씬 도움이 많이 된다.

"그러면 다른 사건 기록을 좀 구해다 주십시오."

"다른 사건 기록?"

"네, 느낌상 그 여덟 건만 있을 것 같지는 않습니다."

"알겠네."

사실 리황구 사건은 리영숙이 있으니 기록을 받아 내는 게 어렵지 않다. 공개 신청을 하면 되기 때문이다. 그러나 나머지 일곱 건을 비롯해서 비슷한 사건이 있다면 그 기록을 받아 내는 것은 어려운 일이다.

"그건 내가 알아서 하지. 자네는 뭐 할 건가?"

"일단 현장으로 가서 이야기를 들어 볼 생각입니다."

"현장?"

"이 사건을 가지고 온 사람은 손채림이니까요."

무슨 뜻인지 알아들은 김성식은 바로 어디론가 전화했다.

노형진은 그를 두고 차를 타고 어디론가 향했다.

시내 중심을 한참 벗어나서 변두리에 들어가자 보이는 오래된 집들. 노형진은 그사이에 있는 커다란 중식당으로 향했다.

딸랑.

문에서 들리는 방울 소리. 그가 들어가자 그 안에서는 진한 짜장면의 냄새가 풍겼다.

'아, 그러고 보니 난 점심도 못 먹었는데.'

노형진은 입에 짜장면을 묻히고는 씩 웃는 손채림을 보면서 입맛을 쩝쩝 다셨다.

"다 모인 거야?"

"도와준다고 하니까 다 모이던데?"

"억울한 게 많은가 보네."

"안 그렇겠어?"

"하긴."

한국 사람도 억울한 게 대한민국이다. 오죽하면 '헬조선' 이라는 말이 퍼졌겠는가?

그런 곳에서 하층민에 들어가는 중국 노동자들이야 이만 저만 억울한 게 아닐 것이다.

"분위기 풀어 보려고 짜장면 한 그릇씩 사 줬다."

"네가 배고픈 건 아니고?"

"헤헤헤."

"잘했다."

어차피 짜장면이라고 해 봐야 한 그릇에 5천 원이다. 여기 에 있는 사람들이 다 먹어도 30만 원도 안 된다. 그 정도 쓰 고 진술을 받을 수 있다면 싸게 먹히는 거다.

"반갑습니다. 노형진이라고 합니다."

"반갑수다."

확실히 손채림이 짜장면을 사 준 효과가 있는지 노형진을 보는 시선은 무척이나 우호적이었다.

"여러분들에게 여기에 와 달라고 한 것은 최근에 벌어진 사건에 대해 혹시 아는 것이 있는지 궁금해서입니다."

이곳에 있는 사람들은 이 근방에 사는 중국인 노동자들이다. 손채림은 이 지역 인맥을 이용해서 이들을 초대했고, 안 그래도 놀고 있던 그들은 공짜 밥이라는 말에 좋다고 따라온 것이다.

"사건?"

"네, 노동자들이 사고로 죽은 일이 많다고 들었습니다."

"뭐, 그거야 흔하게 일어난 일이지."

"혹시 아는 대로 이야기해 주실 수 있겠습니까?"

"커흠…… 기억이 가물가물한데."

슬쩍 말을 흘리는 사람들을 보면서 노형진은 떡밥을 더 쳐야 한다는 생각을 했다.

"이야기가 끝나면 제가 탕수육에 배갈 한 잔씩 사 드리지요."

"헐."

노형진의 말에 손채림은 입을 쩍 벌렸다. 그건 결코 적은 돈이 아니기 때문이다.

"야, 그래도 돼?"

"이러려고 버는 돈이야. 내가 돈 몇 푼에 쩔쩔맬 이유 없다는 거 알잖아?"

"짱 부럽네."

손채림은 입맛을 쩝쩝 다셨다. 그게 탕수육이 기대돼서 그런 건지 알 수는 없지만.

"그러고 보니 이상한 소문이 돌던데?"

"소문이요?"

"그래, 내가 일하는 곳 옆에 있던 건물에서 사고로 누가 죽었다고 하더라고."

"무슨 사고라던가요?"

"감전 사고라던데?"

"감전?"

"그래. 뭐, 사람들이 발견했을 때는 이미 죽었다고."

"내가 들은 건 다른 건데? 질소관이 터져서 그거 뒤집어써서 죽었다던가?"

"내가 아는 녀석은 지하 배관을 청소하다가 가스가 새서 질식해서 죽었지. 젊은 놈이었는데 안됐어."

한두 명씩 말하기 시작하자 점점 많아지는 이야기들.

노형진은 그중에서 겹치는 이야기를 빼고 분류하기 시작했다. 그리고 얼마 지나지 않아서 깜짝 놀랄 수밖에 없었다.

'스무 건이 넘어?'

비슷한 유형의 경우 혹시 중복될 수 있어서 빼 버렸음에도 불구하고 사망 사고가 무려 스무 건이 넘었다. 더 웃긴 건 그게 오로지 이 지역에 한해서만 벌어진 일이라는 것이다.

"뭐가 이렇게 많이 죽은 거야?"

심지어 사건을 가지고 온 손채림조차 당황할 정도였다.

일단 비슷한 사건을 합쳐 버렸음에도 스무 개가 넘었다는 것은 만일 이게 다 개별적인 사건인 경우 적지 않은 사망 사고가 있다는 것이다.

"그런데 이상한 점은 못 느끼셨나요?"

"워낙 위험한 일들이니까."

"그거야 그렇지만……."

그렇다고 해도 한계란 것이 있다. 위험한 만큼 사고를 방지하기 위해서 있는 것이 법이고, 그만큼 안전에 신경을 쓰는 게 사람이다. 그런데 이렇게 많은 사람들이 죽어 간다는 게 노형진으로서는 이해가 가지 않았다.

"그런데 회사에서는 뭐라고 안 합니까?"

"위로금 조금 주고 끝이지."

"흠……."

사건은 공통점이 있었다.

첫째, 나중에 발견되었다는 것.

둘째, 사고로 보인다는 것.

셋째, 희생자가 중국인이며 젊다는 것.

넷째, 대부분의 희생자 가족들이 합의금을 받고 합의서를 써 줬다는 것.

"이 정도 사고가 벌어지면 외부에 알려질 텐데요?"

"우리야 다 외부 인력인데, 뭐."

"외부 인력?"

"그 뭐냐? 뭐라고 했지, 장가야?"

"외부 고용자라던가? 비정규직이라던가?"

"아아아."

노형진은 대충 알 것 같았다.

여기서 죽은 사람들은 대부분 외부 인력, 그러니까 정식으로 회사에 속해서 일하는 게 아니라 그 회사에서 제삼자에게 일을 맡기면 그 제삼자에게 속해서 일하는 사람들이라는 소리다.

'당연한 건가?'

지금 이곳에는 합법적으로 온 사람만 있는 게 아니다. 당연히 불법 노동자들도 있다. 그런데 한국 기업이 정식으로 이들을 고용할 이유가 없다. 죽으면 그만인 것이다.

"흠……."

노형진은 사건을 정하면서 어떻게든 뭐든 잡아내려고 했다. 하지만 이번 사건에서 보이는 것은 이상할 정도의 사고율뿐이었다.

"다른 직업을 구해 보시면 어때요?"

"누구는 안 그러고 싶은가? 그런데 그럴 수가 없는걸."

"왜요?"

"우리 같은 사람을 누가 써 주겠는가? 그나마 중국인들끼리니까 써 주지."

"네에?"

순간 무슨 소리인가 한 노형진은 다음 말에 촉이 오기 시작했다.

"중국인이 만든 기업이라고요?"

"그래."

중국인이라고 해서 한국에 기업을 세우지 말라는 법은 없다. 그래서 중국인 중 몇 명이 일종의 인력 회사를 차려서 같은 중국인들을 모은 뒤 여러 기업으로 보내서 파견 근무시키는 것이 일반적인 형태라는 것이다.

"설마 리황구도 그런 곳에 속한 겁니까?"

"그렇지."

그곳에 있던 사람들의 말에 따르면 이쪽 동네는 그런 게 보통이라고 한다. 일자리를 구하기도 쉽고 말이다.

"잠깐만요. 그러면 사고로 죽은 사람들 모두?"

"그래, 다들 그런 곳 소속이지. 우리 같은 인간들을 신경 써 주는 곳이 어디에 있나? 같은 중국인들끼리 뭉쳐야지."

아주 자랑스럽게 말하는 사람들의 태도에, 노형진의 가슴에서 슬금슬금 불안이 피어오르기 시작했다.

⚖️

"자네가 부탁한 회사에 대해 좀 알아봤네. 특이하게 사고율이 높더군."

김성식은 서류철을 노형진의 앞에 던지면서 말했다. 그의 얼굴에는 걱정이 가득했다.

"얼마 정도인데요?"

"14% 정도 된다네."

"엄청나군요."

사고율 14%는 낮은 게 아니다. 열 명 중 1.5명 정도가 사고로 죽거나 불구가 된다는 뜻이기 때문이다. 세상천지에 10% 확률로 죽을 수 있는 곳이 있다고 하면 누구도 그곳에 가려고 하지 않을 것이다.

"나도 주변에 알아봤는데 이런 곳이 여기 말고 더 있을 가능성이 높네."

"더 있다고?"

마침 노형진과 함께 이번 사건에 대해 이야기하다가 이야기를 듣게 된 손채림은 더 있을지도 모른다는 김성식의 말에 놀라서 입을 쩍 벌렸다.

"그래, 다른 지역에서 온 중국인들한테 물어보니까 다른 지역에도 이런 식으로 모여서 일하는 집단이 있다는데? 물론 멀쩡한 집단도 있으니 알아봐야겠지만 이런 일을 이렇게 체계적으로 할 정도라면 다른 지역도 감안해 봐야 해."

노형진은 절로 얼굴이 일그러졌다.

지금 당장만 해도 최소 여덟 건이 살인으로 의심받고 있다. 그런데 다른 지역까지 감안하면 얼마나 더 많은 희생자가 있을지 모를 일이다.

"일반적인 모임 아닐까요? 중국인들도 요즘 한국에서 이런 사업 많이 하지 않습니까?"

하지만 김성식 변호사는 고개를 흔들면서 부정적인 의견을 내보였다.

"그거야 있을 수 있지. 문제는 사고율이야. 자세하게는 모르지만 그쪽에서도 제법 사고가 난다는 소리를 했어. 아무래도 좀 자세하게 알아봐야겠네. 일반적인 사고율을 기준으로 생각한다면 못해도 그 사망자의 90%는 살인이라는 건데 왜 자기들끼리 서로를 죽인단 말인가? 그것도 전국적으로 퍼져서? 이건 말도 안 돼."

"음……."

김성식의 정보대로라면 이런 조직이 전국적으로 퍼져 있다는 소리다. 그런데 이런 식으로 서로 살인한다니, 도무지 이해가 안 되는 행동이다.

"그게 그렇게 이상한 일이야?"

손채림이 이해하지 못한다는 얼굴이 되자 노형진은 그녀를 위해 쉽게 설명했다.

"생각해 봐. 일반적으로 사고가 나면 회사에서 보상금 조로 얼마를 주는 게 보통이야. 한국인이라면 2억에서 3억. 중국인이라면 아무래도 가족들이 있는 중국 환율이 우리보다는 싸니까 대략 5천에서 6천. 그런데 이 통계 수치라면 거의 매달 한 번에서 두 번은 사고가 난다고. 일반적인 기업이면 그 적자를 어떻게 버티냐? 그리고 그런 일이 생기면 회사 내부에서 어떻게든 사건을 막으려고 하지. 그런데 이 기업은 거의 한 달에 한두 번 꼴로 사고가 나잖아. 사장이 미치지 않고서야 그걸 놔둘 리 없지."

"아아."

이들의 주 수입원은 소개해 주고 받아 오는 일종의 사례금 같은 거다. 일반적으로 임금의 10%를 받는데, 매달 한두 명씩 사고가 난다면 매달 1억 넘게 손해를 본다는 소리다.

"이런 회사가 버틴다는 건 말도 안 되지."

노형진의 말에 손채림은 다르게 생각했다.

"그냥 버틴 건 아니야."

"그게 무슨 소리야?"

"회사가 자주 바뀐대."

"회사가 자주 바뀐다고?"

"그래, 그 사람들 말로는 회사가 바뀐다던데? 그러니까 사람은 그대로인데 회사 이름이 자주 바뀐다고 해야 하나?"

그건 이해가 간다. 사고가 자주 난다면 그 회사는 망하는 게 당연하다. 그러니 회사가 자주 바뀔 수밖에.

'그런데 사람이 그대로다?'

그건 말도 안 된다. 그렇게 사람이 많이 죽으면 책임지고 담당자가 물러나는 법이니까.

"이번 사건은 전혀 이해가 안 가네."

김성식은 전혀 모르겠다는 듯 고개를 흔들었다.

"저도 그렇습니다. 일단은…… 현장에 가서 보는 수밖에 없군요."

"실례합니다."

노형진은 '영광파견'이라고 붙어 있는 문을 열고 안으로 들어갔다.

"누구세요?"

"리황구 씨 사건으로 온 노형진 변호사라고 합니다."

노형진이 명함을 내밀자 여직원은 짜증스러운 얼굴로 노형진을 노려봤다.

"아, 그 미친년이 변호사까지 고용한 거야? 이년이 진짜 미쳤나?"

'미친년?'

노형진은 그 미친년이 누군지 알 것 같았다. 자신에게 찾아올 정도인 리영숙이 여기에 오지 않았을 리 없으니까.

"우리는 그 사고랑 아무런 관련도 없고요. 아는 것도 없으니까 가세요."

"하지만 사건이……."

"이미 사고로 결판났잖아요. 뭘 더 바라는 거예요?"

자신에게 적대적으로 나오는 여직원.

다른 사람도 아닌 여직원이 이 정도면 사실상 대화할 수 없다는 것을 노형진은 인정할 수밖에 없었다.

"우리는 그게 살인 사건이라고 생각하고 있습니다."

"모른다니까요. 사고로 결판이 난 걸 왜 자꾸 살인으로 몰아가는 거야. 아, 짜증 나. 다시 중국으로 갈 수도 없고."

보아하니 이 여직원도 중국인인 모양이다.

"무슨 일이야?"

그렇게 바깥에서 소란이 벌어지자 안에 있던 직원들이 우르르 몰려나왔다.

"아, 글쎄, 그 미친년이 변호사까지 보냈지 뭐예요?"

"뭐라고? 이년이 미쳤나!"

"확 대가리를 까 버릴까."

"야, 이 새끼야, 안 꺼져!"

노형진을 발견하고는 눈에서 불을 켜는 직원들.

노형진은 그걸 보고 이상하다는 생각이 들었다.

'뭐지?'

자신에게 적대적이라고 하지만 그건 어디까지나 업무적 관계일 뿐이다. 그런데 자신을 위협하는 작자들은 절대로 업무적 관계의 적대성을 보이는 게 아니었다. 개인적인, 그리고 무척이나 위협적인 적대성을 보이고 있었다.

'이런 느낌을 받은 적이 있는데…….'

그 기억이 가물가물해서 말하지 못하고 뒤로 주춤주춤 밀리는 노형진.

'젠장…… 누구 하나 붙잡고 기억을 읽을 수도 없고.'

일단 기억을 읽기에 저들은 수가 너무 많고 위협적이다.

그리고 자신이 잡은 인간이 그 일에 관련해서 기억을 가지고 있으리라는 보장도 없다.

"꺼져, 이 새끼야!"

어디선가 쇠 파이프까지 꺼내는 그들을 보고 노형진은 어쩔 수 없이 몸을 돌렸다.

그때 그의 눈에 들어온 것은 바닥에 떨어진 한 장의 명함이었다. 흔하게 볼 수 있는 명함.

하지만 그 명함을 보는 순간 노형진의 머리가 마치 백열등을 켠 것처럼 밝아졌다.

"어?"

"뭐야! 안 꺼져?"

"갑니다, 가요."

노형진은 명함을 주워 오고 싶었지만 뒤에서 위협하는 녀석들 때문에 그럴 수가 없었다.

그렇게 바깥으로 쫓겨 나온 노형진은 딱딱하게 굳은 얼굴로 그 회사가 있는 건물을 노려보기만 했다.

⚖️

다음 날, 노형진은 급하게 사람들을 불러 모았다. 자신이 예상한 것이 사실이라면 이건 이만저만 큰일이 아니기 때문이다.

어쩌면 몇 년 전 해결한 노인 집단 학살 사건만큼이나 대한민국을 뒤집을 일이었다.

"그래, 뭔지 대충 알 것 같다는 게 뭔가?"

송정한은 노형진을 보면서 고개를 갸웃했다.

"우리 쪽에서도 전혀 감을 잡지 못하고 있습니다만."

"맞아. 전혀 모르겠어."

누구도 이번 사건이 어떤 상황인지 알지 못했다. 노형진 역시 그곳에서 명함을 발견하기 전까지 몰랐으니 어쩌면 당연한 일이었다.

"사실 이번 일은 연쇄살인…… 아니, 기업적 살인이 아닐까 해서요."

"뭐라고?"

얼굴이 딱딱해지는 사람들.

기업적 살인. 그건 말도 안 되는 소리이기 때문이다.

"그럴 리 없지 않나? 기업에서 나서서 살인하는 경우는 없네."

"확신하십니까?"

"그거야……."

그런 기업이라면 넘어가고도 남는다. 아니, 그렇게 생각한다. 하지만 기존의 역사를 보면 그런 일은 흔하게 벌어졌다.

"아니야……. 충분히 있을 수 있는 일일세. 김 변호사는 모르겠지만…… 우리는 비슷한 일을 여러 번 겪었네."

"음……."

"노인 병원 사건, 성화의 사고자 살해 사건 등등…… 돈만 된다면 살인을 불사하는 기업은 얼마든지 있습니다."

노형진은 심각한 얼굴로 말했다.

손채림 역시 얼굴이 창백해졌다. 그녀도 입사하면서 굵직굵직한 사건에 대해서는 들었기 때문이다. 그리고 그 당시 사건들은 대한민국을 발칵 뒤집은 것들이었다.

노인 병원 사건으로 인해 전국 노인 병원의 전수조사가 벌어졌는데, 그 과정에서 시설이 불량하고 제대로 관리하지 않은 병원이 수십 개나 발견되었다.

그리고 노인들이 귀찮다는 이유로 무차별적으로 수면제를 투입하던 병원들도 적잖이 발견되어 대한민국을 발칵 뒤집었었다.

"사고자 살해 사건 때는 그로 인해서 사실상 성화건설이 몰락할 지경이 되었지."

성화건설은 건설에 뛰어든 지 얼마 안 되어서 그 규모가 작았다. 그런 상황에서 사고당한 사람들을 죽이는 게 더 남는다는 이유로 죽이도록 지시한 것이 드러나 사실상 천천히 망해 가는 상황이었다.

더군다나 기사회생하기 위해서는 아파트 시장 같은 곳에 들어가야 하는데, 성화 자체가 대룡과의 싸움에서 밀리면서 돈이 부족해져 그러지도 못하는 상황.

"하아, 젠장……. 한숨만 나오는군."

김성식 역시 기억을 더듬으면서 얼굴을 찡그렸다.

기업이라면 사람보다 더욱 잔혹해질 수 있다는 걸 알기 때문이다.

"그거야 알겠는데, 이게 왜 기업적 살인이라는 거예요? 솔직히 우리가 발견한 건 아무것도 없잖아요?"

손채림은 조심스럽게 물었다. 작은 기업에서 몇 명이 죽는다고 해서 돈이 될 거라고는 생각하지 못했기 때문이다.

"일반적으로 사람이 죽는 건 기업의 입장에서는 크나큰 손해입니다. 그건 다들 아시죠?"

"그렇지. 그래서 다들 외주를 주거나 파견을 받는 거 아닌가?"

대한민국 기업들이 비정규직을 선호하는 건 돈 때문은 아니다. 누군가 사고로 죽으면 그 책임은 자신이 아닌 외주 업체가 지도록 만들기 위해서다. 그래서 멀쩡하게 일하던 직원들을 다 자르고 외주로 사람을 채우는 경우도 제법 있다.

"제가 그 사무실에 갔을 때 바닥에서 보험사 직원의 명함을 발견했습니다."

"그거야 흔하게 뿌리고 다니는 게 보험사 명함 아닌가?"

"일단 중국인들에게는 흔한 건 아니죠."

"음?"

"그곳에 있는 중국인들은 질이 그다지 좋아 보이지 않았습니다. 그런데 보험 판매원이 그곳까지 보험을 팔러 올까요?"

"하긴…… 그렇군."

더군다나 보험이라고 하는 것은 대부분 장기 상품이다. 당연히 외국인이 가입하지 말라는 법은 없지만 하게 된다고 하면 자신의 국가에서 많이 가입한다.

"그렇다고 거기가 무슨 여행에 관련된 곳이라서 여행 보험을 파는 것도 아니고요."

"보험과 살인이 무슨 관계가 있는데요?"

손채림은 결국 급하게 물어볼 수밖에 없었다. 아무리 봐도 보험과의 상관관계를 알 수가 없었기 때문이다.

"보험과 관련된 사람은 두 종류가 있습니다. 가입자와 수익자. 가입자는 말 그대로 가입해서 돈을 내는 사람이고, 수익자는 그 가입자가 사망한 경우 돈을 받는 사람을 뜻합니다."

"그런데?"

"그런데 그거 아십니까? 보험 수익자가 사람일 필요는 없습니다. 집단이나 기업도 가능하지요."

노형진의 말에 다들 약간 생각하다가 순간 얼굴이 딱딱해졌다.

이게 무슨 소리냐 하면, 누군가를 보험에 가입시켜서 죽일 경우 그 보험금을 기업이 받게 된다는 뜻이기 때문이다.

"말도 안 되는 소리. 기업이 미쳤다고 그러겠나?"

"글쎄요. 전 그렇고도 남을 것 같은데요?"

"응?"

"보험회사는 돈만 따집니다. 외국인이든 아니든 상관하지 않지요."

"그러면?"

"외국인이 죽더라도 그에 상응해서 주는 게 아니라 정해진 금액을 줍니다. 그 수익자가 회사라고 해도 말이지요."

"무슨 말도 안 되는 소리인가? 그러면 그 보험금을 노리고 계획적으로 살인한다는 건가, 회사가?"

"그럴 가능성이 높습니다."

"말도 안 돼. 회사의 목적은 수익을 추구하는 것이지, 살인이 아닐세!"

김성식은 말도 안 된다고 생각했다. 하지만 그다음 말에 아무런 대꾸도 할 수가 없었다.

"그것도 수익 추구입니다. 사람 목숨을 거래하는 거지요. 그리고 사람 목숨을 팔아서라도 돈 벌려고 하는 사건은 흔한 거 아닙니까? 얼마 전 터진 분유 파동 모르십니까?"

"……."

김성식은 입을 다물었다.

분유 파동은 중국에서 터진 사건으로, 분유와 비슷한 화학 물질로 분유를 만들어 판 사건이다. 성분 검사를 속이기 위해 그 안에 일종의 화학물질을 넣었는데, 사실 그건 독극물이다. 그래서 공식적으로 6천 명이 넘는 아이들이 고통받았는데, 공식적으로 인정된 사망자는 네 명이었다.

하지만 회사의 규모와 판매된 분유의 양을 생각하면 수백 명의 희생자가 드러나지 않았을 것이라는 것이 세상의 중론이었다.

　"그 인간들이 멜라민이 독극물인 건 몰라서 넣은 건 아니지 않습니까?"

　"끄응……."

　"중국은 인구가 많지요. 그래서 그런 건지 아니면 그들의 사상이 그런 건지, 생명 경시 풍조가 널리 퍼져 있는 것 역시 사실입니다. 그게 한국에 온다고 갑자기 나아질까요?"

　"……."

　한국에서 죽는다고 해도 5천만 원 정도 보상금을 주면 대부분은 입을 다문다. 하지만 대한민국에서 보험을 들었고 그 수익자가 회사라면 도리어 그 수익에서 엄청난 이득을 남길 수 있을지도 모른다.

　"보험이라……."

　송정한은 심각한 얼굴이 되었다. 이건 자신이 전혀 생각하지 않았던 부분이기 때문이다.

　"아! 그러고 보니……."

　손채림도 뭔가 깨달은 듯 손바닥을 탁 쳤다.

　"회사 이름이 자주 바뀐다고 했지요?"

　"그렇지요."

　"그러면 그것도 설명되네요."

노형진은 고개를 끄덕거렸다.

"아무리 보험회사라고 할지라도 자꾸 사고가 나는 회사를 가입시켜 주려고 하지는 않을 겁니다. 그러니 아예 새로운 회사로 위장해서 들어가는 거죠."

"하지만 그걸 모를까요?"

무태식은 고개를 갸웃했다.

돈에 예민한 게 보험회사다. 어떻게든 돈을 주지 않기 위해 일단 소송을 걸어 보는 게 그들인데, 이름을 바꿨다고 가입시켜 줄 리 없다.

"내부에 누군가 있다면 가능하겠지요."

"음……."

만일 그가 높은 직급이라면 충분히 가능한 일이다.

"그리고 그런 건 보통 사고를 조사할 때 조사 대상으로 들어가지는 않지요."

"그렇지. 사고를 대상으로 할 때는 원한을 조사하지, 회사의 보험 가입 여부를 확인하는 사람은 거의 없지."

한국은 그런 것에 대해 거의 무지하니까. 그래서 직원이 죽으면 회사가 이득이라는 것에 대해 전혀 생각하지 못한다.

"보험금을 노린 살인이라…… 후우."

김성식은 갑자기 한숨이 나왔다.

살인의 가장 흔한 이유 중 하나가 바로 보험금을 노리고 하는 것이다. 그런데 기업 차원에서 한다는 것은 꿈도 꾸지 못할 일이기 때문이다. 애초에 역사적으로 이런 일은 있지도 않았다.

"이런 짓을 하면 그 기업은 망하네!"

"그러니까 정상적인 기업은 안 할 겁니다. 하지만 그게 목적인 기업이라면요?"

"목적인 기업?"

"바지 사장이라는 말이 있지요."

"끄응……."

바지 사장을 세워서 중국인들을 끌어들인다. 그리고 그중 값어치가 높은 녀석들은 죽여 버린다.

동의서를 받는 건 계약 서류에 살짝 넣으면 되니 어렵지 않을 것이다. 어차피 그들은 어려운 한국어는 모를 테니까.

"그러면 젊은 사람들이 죽은 게 이해가 갑니다."

"보험료는 당연히 젊은 사람들이 더 적게 내고 더 많이 받아 낼 수 있을 테니까."

나이 일흔을 먹은 노인은 내는 보험료에 비해 받는 돈이 적다. 하지만 한창의 나이인 청년은 사망 시 받는 보험금도 더 많다. 죽을 가능성이 낮으니까 높은 보험도 쉽게 들어 주기 때문이다.

"심각한 일이군……."

김성식은 창백한 얼굴로 중얼거렸다. 이건 지금까지 생각해 보지 못한 일이었다.

"확실한 증거가 있나?"

"아니요……. 아직 없습니다. 솔직히 심증일 뿐이구요."

"심증이라……. 하긴……."

보험을 가입했다는 증거는 없다. 이러한 금전적 계약에 관한 정보는 얻어 내는 것이 상당히 어려운 것 중 하나다.

물론 정보 팀을 통해 얻어 낼 수는 있겠지만, 그건 기본적으로 불법으로 얻은 거니 고발용으로 쓸 수는 없다.

"일단은…… 전국적으로 이런 조직이 얼마나 있는지 알아봐야겠습니다."

송정한은 딱딱하게 굳은 얼굴로 고개를 끄덕거렸다.

"정보 팀의 역량을 최대한 투입하겠네."

"그리고 중국인 사망자가 얼마나 되는지 잘 알아봐야 합니다."

"그렇게 하지."

그렇게 전혀 엉뚱한 사건은 노형진을 거친 풍랑 속으로 끌어당기고 있었다.

⚖

"이런 미친……."

김성식은 고문학 팀장이 가지고 온 보고서를 믿을 수가 없었다.

"중국인이 운영하는 곳은 전국에 총 백스무 곳입니다. 그

중 세 곳에서 이상 징후가 발견되었습니다."

"이상 징후?"

"세운 지 1년이 안 되었으며, 다른 곳보다 가지고 가는 지분이 적습니다. 보통은 10%를 가지고 가는데 이들은 5%를 가지고 갑니다."

물론 경쟁이 심하다면 그럴 수도 있다. 하지만 그렇다고 해도 세운 지 1년도 안 된 곳이 그렇게 낮은 지분을 가지고 가는 것은 위험한 게임이다.

"그리고 그 회사가 있는 지역들의 사고율이 다른 지역에 비해 좀 많이 높은 편입니다."

"높다라……."

사고율이 높다고 표현했지만 아마 고문학이 가지고 있는 통계를 봐서는 이곳과 같은 작업이 이루어지고 있을 가능성이 높다.

"일반적으로 사망자가 나면 위로금 조로 지급되는 돈은 5천만 원 정도. 하지만 한국의 생명보험의 배상금은 못해도 1억, 일반적으로 3억 정도 할 겁니다."

노형진은 심각한 얼굴로 수치를 바라보았다.

"그러면 3억이라고 치고, 한 곳에서 열 명씩이면 대략 25억 정도의 이득이군."

"그리고 우리가 알고 있는 곳은 총 세 곳입니다. 그러면 한 곳에 25억일 경우 세 곳이라고 하면 75억이 넘는 큰돈이 됩니다. 더군다나 이건 한 해 기준입니다. 이 회사들은 생긴 지 1년도 되지 않았습니다. 과거 세탁 차원에서 폐업과 창업을 반복했다고 한다면…….”

“어마어마하군.”

그 수치가 현실로 들이닥치자 다들 아무런 말도 할 수가 없었다.

물론 이게 절대적인 수치는 아닐 것이다. 이곳처럼 위험한 작업이 많은 곳이라면 모르지만, 그렇지 않은 경우라면 사망자 수가 적을 수도 있다. 그렇다고 해도 매년 수십 명이 살해당하는 것이 현실.

“이런 터무니없는 보험 사기는 처음 들어 보는군. 정부에서 모를까?”

“글쎄요……. 단순 사고로 꾸미니까요.”

처음에는 조사하는 사람이 있을지도 모른다. 하지만 나중에는 그게 당연한 수치가 되어 버릴 것이다.

더군다나 그런 사고가 나는 것은 대부분 위험한 직업일 것이다. 절대적으로 숙련공이 필요하지만 싸다는 이유로 비숙련공을 쓰는 그런 직업.

“그러면 아무래도 사고도 자주 납니다. 그러면 사람은 타성에 젖게 됩니다.”

매일 일어나는 사건은 그다지 신경 쓰지 않게 되는 것이다. 거기에다 사건의 당사자는 그다지 신경 안 쓰는 중국인 노동자들.

"그들은 민원조차 넣지 못하지요."

"보험사야 내부에 누군가 있다면야⋯⋯."

"어렵지 않게 들어갈 수 있으니까요."

사건이 이렇게 되어 가자 노형진은 마음이 다급해졌다. 이런 식이면 지금도 누군가 사고로 죽어 간다는 뜻이기 때문이다.

"우리가 움직여야 합니다."

경찰에 신고해 봐야 미친놈 소리 듣기에 딱 좋은 소리다. 그들은 절대 명확한 증거가 없으면 움직이지 않을 테니까.

'그리고⋯⋯.'

노형진은 차마 이야기하지 않았지만 이 정도 규모의 사건이라면 경찰, 그것도 윗선이 개입되어 있을 가능성이 높다.

상식적으로 이렇게 갑자기 사고가 늘어나는데 그 많은 경찰 중에서 이상하다고 생각하는 사람이 한 명도 없다는 건 말도 안 된다. 경찰이 전부 무능한 것이 아니다. 그저 무능한 놈들이 위에 있을 뿐.

"이거 참⋯⋯ 나라가 무능하니 변호사가 별짓을 다 하게 되는군."

송정한은 자조적인 말로 우울함을 달랠 수밖에 없었다.

몽둥이가 약이라지?

"여기로 온다고요?"

"그래."

노형진은 시내에서 좀 떨어진 조용한 카페에서 사람을 기다리고 있었다.

"이번 사건을 담당할 만한 검사를 골랐네. 아마 눈에 불을 켜고 덤빌 거야. 좀 위험한 상태거든."

"위험한 상태?"

"보면 알아."

김성식은 아무래도 새론의 힘만으로는 해결하는 데에 한계가 있다고 느끼고 검사 중 한 명을 움직이기로 했다. 자신의 후배 중에서 쓸 만한 녀석을 데리고 오기로 한 것이다.

"알아서 좀 움직여 주면 참 고마울 텐데요."

축 늘어진 채로 아이스커피를 홀짝이던 손채림은 우울하게 말했다. 김성식은 약간 안타까운 얼굴이 되었다.

"검찰이라는 조직이 그런 조직은 아니지."

검사는 기본적으로 사건을 배당받아서 일하지, 스스로 사건을 발굴하지는 않는다. 그래서 적극적으로 나서는 검사는 그다지 많지 않다.

더군다나 고위직도 아니고, 한국에 들어온 조선족들에게 벌어진 사고사를 수사할 검사들은 거의 없다고 봐도 무방하다.

"그나마 다행인 건 이번 건수가 엄청나게 크다는 걸세."

"다행이라고 해야 하나요, 하하하."

사건은 엄청나다. 최소 백 명 이상 살해된 거라 추정하고 있는 일이다 보니 만일 이걸 해결하면 말 그대로 언론의 핫이슈가 될 것이다.

"저기 오는군."

때마침 안으로 들어오는 여자.

그녀는 40대 초반으로 보이는, 무척이나 날렵한 인상의 여자였다.

신경질적으로 생긴 그녀는 김성식을 보자마자 탁자에 앉았다.

"오랜만이네요, 선배."

"오문아, 넌 여전하구나."

"선배님처럼 느긋하게 여유를 즐길 시기가 아니라서요."

오문아는 짜증스럽게 안경을 고쳐 썼다.

"알지. 좀 밀리지?"

"어떻게 아세요?"

"내가 검찰청 떠난 게 10년이 지난 건 아니잖아? 아직도 내 후배들이랑 후임들로 가득하다. 그리고 중수부장 출신이라는 타이틀은 제법 오래 효과를 발휘하거든."

김성식이 그렇게 말하자 오문아는 짜증스러운 얼굴로 고개를 흔들었다.

"그 망할 자식……."

"망할 자식?"

노형진이 고개를 갸웃하자 그제야 김성식은 아차 싶은 얼굴로 서로를 인사시켰다.

"이쪽은 오문아. 현재 대검찰청에서 일하고 있지. 이번에 승진이 있는데 다른 녀석한테 살짝 밀리고 있어. 아, 이쪽은 노형진 변호사. 뭐, 오문아, 넌 알지? 유명하니까. 이쪽은 손채림. 노형진 변호사와 같은 팀이야."

"반갑습니다."

"안녕하세요."

노형진과 손채림이 인사하자 오문아는 고개를 숙여서 인사는 받았지만 그다지 기분 좋은 얼굴은 아니었다.

"그런 사소한 것까지 이야기할 상황은 아닌 것 같은데요?"

"사소한 것까지 해야지. 그래야 서로 도움이 되지. 그리고 이번 사건이 완전히 뒤집을 거야."

"뒤집다니요?"

"네가 밀리는 이유 알지?"

"알죠."

그녀는 여자다. 하지만 남자에게 밀리기 싫어서 열심히 일해서 상당한 실력을 보였다. 그래서 실적 자체로는 절대 다른 승진 후보에 밀리지 않는다. 밀리는 것은 지명도.

"넌 여자다 보니까 아무래도 굵직굵직한 사건에서 배제되었지."

"그래서 문제인 거잖아요."

실적이 비슷한 상황에서 상대방은 남자라는 이유로 여러 유명 사건이나 중요 사건에 여러 번 동원되었고 그쪽으로 인정받고 있다.

반면에 그녀는 실적은 상당하지만 대부분 세상에 알려지지 않은 이슈를 타지 않은 사건에 동원되었다. 그러니 어쩔 수 없이 이슈에서 밀릴 수밖에 없다.

"무슨 수로 그 정도 격차를 꺾는다는 거예요. 그것도 한 방에?"

오문아가 짜증스럽게 말하자 김성식은 슬쩍 뒤로 빠졌다.

"자세한 건 노 변호사가 말해 줄 거야."

자연스럽게 노형진을 바라보는 오문아.

노형진은 그녀가 약간 예의가 없다고 생각했지만 무시하기로 했다.

　'뭐, 어차피 업무 때문에 만나는 것이니까.'

　그녀는 승진해서 좋고, 자신은 해결해서 좋으면 되는 거다. 더군다나 검사 쪽에서 안하무인인 사람을 본 거야 한두 번도 아니고.

　"이번 사건은 대형 사건입니다."

　노형진은 지금까지 알아낸 것에 대해 자세하게 설명하기 시작했다.

　처음에는 시큰둥하던 오문아는 이야기를 듣다가 점점 깊이 빠지더니 나중에는 안경이 흘러내리는 것도 잊어버리고 입을 쩍 벌릴 정도였다.

　"그런 게 말이 된다고 생각해요? 기업적 차원에서의 살인이라니?"

　"말이 안 되라는 법은 없지 않습니까? 기업은 돈만 된다면 뭐든 합니다. 특히 중국 쪽은 그런 게 더 심하지요."

　"음⋯⋯."

　목적을 위해 일을 하다가 사람이 죽는 것과 목적을 위해 사람을 죽이는 것은 천지 차이인 동시에 한 끗 차이다. 조금만 독하게 마음먹으면 쉽게 할 수 있는 일이다.

　"그런데 왜⋯⋯ 굳이 한국에서⋯⋯?"

　"세 가지 때문이지요. 첫 번째, 한국이 중국보다 보험으로 받을 수 있는 배상비가 큽니다. 두 번째, 중국과 가까워서 무한정으로 중국인을 구할 수 있지요. 세 번째, 한국 정도의 경제 대국이면서 뇌물이 잘 통하는 나라는 흔하지 않거든요."

"음……."

사실 한국쯤 되는 나라라면 뇌물 같은 것이 한정적으로 통해야 정상이다. 하지만 요 근래 들어 경기가 안 좋아지면서 급속도로 부패지수가 올라가고 있는 것이 현실.

"그래서 기업적 차원의 살인이……."

"사고로 꾸미고 있지만 살인은 확실합니다."

오문아는 자신도 모르게 손톱을 씹었다.

노형진의 말대로라면 백 명 이상이 살해된 사건이다. 그것도 연쇄살인도 아닌 기업에서 한 일종의 처형.

이걸 해결했는데 승진하지 못하면 그게 더 이상한 거다.

"그런데 왜 이런 게 안 걸린 거죠?"

"전국적이니까 서로 소통되지 않은 게 가장 큰 이유일 겁니다. 관할권에서 싸움이 워낙 심하니까요. 그리고 위에서 차단하는 이유도 있을 거고요."

"차단?"

그 말을 들은 오문아는 순간 그 뜻을 알아채고는 가볍게 얼굴색이 변했다.

"설마 검찰에서도 누군가 비호하고 있다고 생각하시는 건가요?"

"예상되는 사건만 백 건 이상입니다. 세 곳이 3년만 존재했다고 해도 말이지요. 그런데 그중 단 한 건도 고발되지 않았다고 보기는 힘듭니다."

"……."

고발되면 경찰은 어떻게든 수사하게 된다. 그리고 그걸 최종적으로 판단하는 것은 검찰과 판사다.

"누군가 위에 있다?"

"네."

오문아의 얼굴이 살짝 찡그러졌다.

말이 안 된다고 하고 싶지만 그동안 봐 온 조직을 보면 그런 일이 벌어질 가능성은 결코 낮지 않았다.

"솔직히 전 우리가 다 찾았다고 생각하지도 않습니다."

"그게 무슨 말이죠? 다 찾지 못했다니?"

"우리는 공권력을 동원할 수 있는 정부 조직이 아닙니다. 따로 정보 조직을 가지고 있는 거야 아시겠지만 그건 특정 사건으로 파고드는 형태지, 전국을 광범위하게 뒤질 수 있는 건 아니죠. 운이 좋아서 세 곳을 찾았지만 서울과 경기도 주변을 벗어난 다른 지역은 어떻게 뒤져 볼 수도 없었으니까요."

"그러면…… 이 사건의 숫자가 더 늘어날 수도 있다는……?"

"네, 그럴 수도 있을 겁니다. 물론 사고율은 다 다르겠지요. 이곳이야 공사도, 사고도 많으니까요. 그리고 한곳에서 너무 오래 일하면 누군가 의심할 수도 있으니 어느 정도 하고 나면 다른 지역으로 또 음모를 짜겠지요."

노형진은 자신이 생각한 그들의 패턴을 차근차근 설명했다.

아무리 그들이 막무가내로 행동한다 해도 한 지역에서 백명, 천 명씩 죽일 수는 없다. 당연히 사고로 어느 정도 처리하다가 좀 많아진다 싶으면 다른 지역으로 떠날 것이다.

"그 결과, 얼마나 많은 사람이 죽었는지 알 수가 없습니다."

"그걸 새론에서 알아냈다고요?"

"우연이었지요."

우연이라고 해도 무서운 일이었기 때문에 오문아는 살짝 몸이 떨려 왔다.

"알아내는 것까지 할 수는 있었지만 그 이후가 문제입니다."

"그 이후가?"

"우리는 변호사입니다. 아까 말씀드렸다시피 공권력을 가진 경찰이나 검찰이 아니라요."

"무슨 뜻인지 알겠습니다."

상대방은 돈을 위해 사고로 가장한 살인을 저지르는 기업이다. 그들이 만일 새론이 자신들에 대해 알아차렸다는 것을 안다면 무슨 짓을 할까?

돈을 위해 사람을 아무렇지도 않게 죽이는 작자들이 그냥 넘어가리라고 보기는 힘들다.

"결국 우리 회사 소속의 변호사나 직원들의 안전이 위험하게 될 겁니다. 그렇게 둘 수는 없습니다."

"흠……."

지금까지 있던 사건들과 다르게 이들은 거의 무차별적으로 사람을 죽이는 살인마 집단이라고 봐도 무방하다. 그런 조직을 정부 조직도 아닌 새론이 건드리는 것에는 한계가 있다.

"더군다나 우리가 전국에 있는 모든 곳을 다 커버하는 것은 불가능하니까요."

"그래서 내가 나서 달라?"

"검찰은 전국적 조직이니까요."

그리고 검찰은 검사동일체의 원칙을 적용하고 있다. 이게 무슨 소리냐 하면, 만일 누군가 검사 한 명을 공격하면 검사 한 명이 아닌 검찰 조직 전체에 대한 공격으로 간주한다는 것이다.

물론 부작용이 없는 건 아니어서 내부적으로 철저한 상명하복이 베이스로 깔리다 보니 내부 자정이 거의 되지 않는 현상이 있기는 하지만 말이다.

'그러나 이건 그거랑 상관없지.'

아무리 간땡이가 부은 놈들이라고 할지라도 검찰에 직접적으로 손대지는 못할 것이다.

검찰은 경찰을 지휘하에 두고 있다. 검찰을 건드린다는 것은 당연히 경찰과도 싸워야 한다는 뜻이다.

'그러니 누군가는 내부에 있는 거야.'

노형진은 그렇게 확신하고 있었다.

"검찰은 어떤 폭력 조직이든 건드리기에는 한계가 있는 집단입니다. 당연히 전면전을 하려고 하기보다는 뇌물을 주고 사건을 은폐하는 쪽을 선택했을 겁니다."

"그러면 제가 움직인다고 해도 결국 그들이 나설 텐데요?"

오문아는 그 점을 바로 지적했다.

상대방이 누군지 모르지만 그녀가 수사를 시작한다면 누군가 그걸 막으려고 할 게 뻔하다.

"제가 노리는 게 그겁니다."

"뭐라고요?"

그런데 생각지도 못한 말에 오문아는 당황했다. 노리는 게 그거라니?

"생각해 보세요. 이 조직은 전국적인 조직입니다. 우리가 아무리 조사한다고 해도, 오문아 검사님이 수사한다고 해도 한 곳을 건드리는 순간 다른 녀석들은 꼬리를 자르고 잠수를 탈 겁니다. 이렇게 조직적으로 움직이는 녀석들이 과연 다른 조직에 수사가 들어간 걸 모를까요?"

"아!"

같은 방식으로 돈을 벌어들이는 녀석들인 만큼 서로 전혀 관련 없이 자연 발생한 조직이 아니다.

즉, 다른 한 곳이 경찰에 수사받거나 한다면 다른 곳은 바로 모든 증거를 폐기하고 숨을 거라는 뜻이다.

"그러니 일단 별거 아닌 걸로 뒤흔들어야 합니다. 그리고 그들에게 수사를 알려 주는 라인을 알아내야 하지요."

"……."

노형진의 계획은 조금은 복잡했다.

일단 별거 아닌 것으로 그들을 자극한다. 그러면 누군가는 그들을 보호하기 위해 전면으로 나설 것이다. 그 전면에 나서는 사람을 추적하면, 그 배경이 드러날 것이다.

그 후에 그 사람을 어떤 식으로든 조용히 처리하고 상대방의 정보 라인을 고사시킨 후 조사에 들어가면 된다.

"그러기 위해서는 검찰 내부의 도움이 절대적으로 필요합니다."

누군가가 별거 아닌 것으로 수사를 시작해야 한다. 그것도 의심받지 못할 정도로 말이다.

"그게 나라는 거군요."

"네."

노형진은 오문아를 뚫어지게 바라보았다.

"흠……."

오문아는 사건의 규모를 대충 파악했다. 오랜 경험으로 이런 일의 규모가 어느 정도인지 알아내는 것은 어려운 일이 아니었다.

'보통 이런 건 한 지역당 하나지. 새론이 세 곳만 찾았다고 하지만 그 정도일 리 없어.'

그러니 섣불리 건드려서는 안 된다.

폭력 조직, 그것도 전국구 조직을 처리할 때 가장 힘든 것이 바로 그 점이니까.

"좋아요."

그녀는 마음을 굳혔다.

어차피 이대로는 승진에서 밀린다. 그리고 그렇게 되면 경쟁자가 자신을 검찰 조직에 놔둘 리 없다. 당연히 내쫓으려고 할 것이다.

검찰 내부에서 누군가 승진하면 그 선배 기수는 물러나는 것이 암묵적인 룰이다. 위계질서 때문이다.

그런데 지금 승진 후보자는 그녀보다 한 기수 아래. 자신이 나갈 수밖에 없다.

물론 변호사로서 먹고살 수는 있다. 하지만 그녀의 꿈은 그런 게 아니었다. 그녀는 더 높은 곳을 노리고 있었다.

"이 일, 하지요."

그녀는 모 아니면 도라는 생각으로 마음을 굳혔다.

⚖

오문아는 일단 노형진의 말대로 살짝 사건을 건드렸다. 처음부터 살인 사건 수사로 몰고 가면 잠수를 탈 수 있기 때문이다.

그래서 일단은 사고 현장의 안전 위반으로 걸고넘어져서

관련된 자들을 소환하기 시작했다.

"사람이 살다 보면 사고가 날 수도 있지!"

소리를 버럭버럭 지르는 남자.

그는 노형진이 현장에 왔을 때 화내던 사람이었다. 오문아가 그를 업무상 과실치사 혐의로 체포한 것이다.

"그런데 왜 벽돌을 안쪽이 아닌 끝에 걸쳐 놓도록 했지요?"

"그거야, 그래야 건설 현장에서 가까우니까 그렇지! 세워야 하는 벽이 몇 개인데……."

"아파트 한복판에 놓으라고 한 것도 아니잖습니까? 사실 1미터만 안쪽으로 놔도 그게 바닥으로 떨어질 이유가 없는데, 바로 바깥쪽에다가 벽돌을 쌓아 놓도록 하는 바람에 사고가 난 거 아닌가요?"

"관례적으로다……."

"그러니까 그 관례적인 것 때문에 사람이 죽었지요. 보통 그런 걸 업무상 과실치사라고 합니다."

오문아는 그를 독하게 몰아붙였다. 노형진은 이 녀석이 사건과 관련이 있다고 생각하고 있었고, 자신이 봐도 그럴 가능성이 높아 보였다.

'이 남자 아래에서만 무려 세 번이나 사고가 났단 말이지?'

연도는 다르지만 벌써 세 번이나 사고가 났다. 그런데 한 번도 처벌받지 않았고, 또 강등되지도 않았다.

일반적으로 이런 사고가 나면 가장 먼저 잘리는 것이 작업반장인 현실과 비교하면 터무니없는 사실이다.

"그러니까 난 모른다니까."

딱 잡아떼는 작업반장.

"하지만 당신이 거기에 벽돌을 쌓아 두라고 지시했다는 사람이 많습니다. 더군다나 거기는 통행로와 가까워서 공사하는 사람들이 걸리적거려 했다는 말도 하더군요."

"난 편의상……."

"그러니까 그 편의상이 말이 안 되지 않습니까? 현장 작업자들이 불편을 호소했다고 하는데 편의상 거기에 벽돌을 쌓아 둔다는 게 말이나 됩니까?"

"……."

"당신은 현장의 작업반장으로서 안전을 확보해야 할 의무가 있습니다. 그 과정에서 약간의 업무적 효율 저하가 있다 하더라도 말이지요. 그런데 당신은 오로지 효율만을 따지면서 위험한 곳에 수백 개의 벽돌을 쌓아 두도록 했지요. 안 그런가요?"

"일을 하다 보면……."

"그러니까 그렇게 일을 하다가 누군가 죽는 걸 업무상 과실치사라고 한다니까요."

어떻게든 벗어나려고 반장이 말할수록 그의 죄는 확실해지고 있었다.

'과연 어쩔래?'

이 녀석이 감옥에 가게 된다면 억울한 마음에 진실을 공개

할 수도 있다. 만일 노형진의 말대로 내부에 누군가 있다면 이 녀석을 구하기 위해 움직일 게 분명했다.

"아, 돌겠네, 진짜."

반장은 호기로운 모습은 사라지고 안절부절못하는 얼굴이 되었다. 자신에게 이런 일이 벌어질 거라고는 생각하지 못했기 때문이다.

"이 사건은 명백하게 업무상 과실치사입니다. 물론 더 조사해 봐야 하겠지만……."

오문아가 작업반장을 강하게 압박하고 있을 때였다. 그녀의 책상에 있는 전화기의 내선이 울렸다.

그녀는 무심결에 그걸 받아 들었다.

ㅡ오 검사님, 손님이 오셨는데요.

"손님?"

이 시간에 올 손님이 없다는 사실은 누구보다 자신이 가장 잘 알고 있다.

"누군데요?"

혹시나 선배인 김성식이 찾아온 건가 싶어 물어봤던 오문아는 그다음 말에 슬며시 입꼬리가 올라가기 시작했다.

⚖️

"젠장, 망할 년!"

박석훈은 신경질적으로 머리를 벅벅 긁었다.

"어떻게 사건이 그년한테 간 거야?"

박석훈은 자신에게 닥쳐온 절체절명의 위기를 넘기려고 엄청나게 머리를 쓰고 있었다.

"우연인 듯합니다."

"우연?"

"네, 김성식이 부탁한 것 같더군요. 그리고 거기에다가 리영숙이라는 년이 의뢰했구요."

"이런 쌍. 그런 미친년도 제대로 처리 못 해?"

"어미라는 인간이 한국에 먼저 들어와 있을 거라고는 생각을 못 했습니다."

눈앞의 남자의 말에 박석훈은 입술이 바짝바짝 말랐다.

'젠장할.'

보통은 중국에 있는 가족들에게 돈 5천 정도 주고 나면 입을 다문다. 중국에서는 엄청나게 큰 돈이니까.

그런데 리영숙은 한국에서 오래 산 탓에 한국의 배상 기준을 너무 잘 알고 있었다.

"차라리 돈 다 주고 손 털어."

"그게 문제입니다. 리영숙이 요구하는 건 사건의 재조사지 돈이 아니라서요. 할 수 있다면 그냥 주고 털어 버리는 게 우리도 속 편합니다."

"젠장."

그가 이렇게 걱정하는 것은 자신이 그들과 선이 닿아 있기 때문이다.

검사들의 세계는 위계질서가 엄청나다. 선배인 오문아를 꺾고 승진한다는 것은 단순히 그녀뿐만 아니라 그 위에 있는 선배들을 사실상 내보낸다는 것과 같다.

당연히 나이가 되어서, 그리고 연차가 되어서 승진하는 것보다 훨씬 힘들고, 그걸 위해서는 막대한 돈이 들어간다.

'내가 들인 돈이 얼만데.'

승진하기 위해서는 막대한 뇌물이 필요했지만 자신이 높은 자리에 올라가면 한순간에 벌 수 있는 돈이기도 했다. 그래서 사방에서 돈을 긁어모아서 뇌물을 뿌렸다. 그러다가 이들과 엮인 것이다.

"망할 년."

그런데 이들로부터 연락을 받았다, 오문아가 자신들과 일했던 사람을 조사한다는.

"사건은 어떻게 처리될 것 같습니까?"

"일단은 업무상 과실치사 쪽으로 가는 것 같아. 그게 맞고."

"우리 쪽을 아는 건 아니지요?"

"그건 아닌 것 같고, 네놈들이 제대로 처리하지 않은 미친 년이 정식으로 고발한 것 같다. 아마 새론 그 새끼들이 도와줬겠지. 안 그러고서야 아무것도 모르는 중국 년이 업무상 과실치사라는 걸 어떻게 알아?"

"별로 좋지 않군요."

경찰만 통했어도 중간에 잘라 버릴 수 있었는데 새론에서 오문아에게 다이렉트로 사건을 부탁하는 바람에 그럴 수도 없었다.

"박 검사님이 어떻게, 안 됩니까?"

"나도 그러고 싶지. 그런데 오문아 그년은 안 된다고."

자신이 찾아갔을 때 깔보는 시선으로 노려보던 그녀였다. 안 그래도 승진 문제로 서로 대립각을 세우고 있는데 그를 풀어 달라고 청탁하면 그와 관련이 있다는 걸 인정하는 꼴밖에 안 되는 일이었다.

"젠장…… 일이 꼬이려니."

그 많은 검사 중에서 하필 오문아라니. 박석훈은 돌아 버릴 기분이었다.

"아무래도 미리 정리해야 했나 봅니다."

그의 앞에 있는 남자는 커피를 마시면서 느긋하게 말했지만 그의 눈빛은 차갑게 빛나고 있었다.

"정리?"

"이렇게 길게 사건을 끌고 갈 수는 없지 않습니까?"

"너, 무슨 짓을 하려는 거야?"

"별로……. 그냥 하던 일을 하려고 하는 것뿐입니다."

박석훈은 등골이 쭈뼛 서는 느낌이었다.

'씨발…… 내가 돈 때문에 넘어가는 게 아니었는데.'

위에서 요구한 돈이 제법 되었기 때문에 다급하게 돈을 구하다 보니 선이 잘못 연결된 게 큰 실수였다.

만일 여기서 이들이 쓰러지면 자신은 단순히 잘리는 선에서 끝나지 않는다. 자신이 한 짓은 명백한 살인 방조이기 때문이다.

"하지 마. 위험해."

"그러면 우리 사업을 접을까요? 그 피해는 검사님이 책임져 주실 겁니까?"

남자는 싱긋 웃으면서 말했다. 박석훈은 아무런 말도 할 수가 없었다.

"하기 싫으면 지금이라도 발 빼시면 됩니다."

'젠장.'

물론 발을 빼도 된다. 하지만 그 뒤에 무슨 일이 벌어질지는 너무나 뻔하기 때문에 차마 발을 뺄 수가 없었다.

"최대한 조용히 처리해."

"걱정하지 마세요. 대한민국에서는 흔하게 사고가 벌어지지 않습니까?"

남자는 싱긋 웃으면서 눈을 잔인하게 빛내고 있었다.

⚖️

"움직였습니다."

노형진은 고문학의 말에 자리에서 벌떡 일어났다.

"박석훈이 드디어 움직인 겁니까?"

"네."

"어지간히 다급했나 보군요."

"그럴 수밖에요."

처음에 박석훈에게서 전화가 왔다고 했을 때 노형진은 어이없는 우연에 기가 막혔다.

그가 전화한다는 건 한 가지 이유 때문이다.

물론 자기 말로는 안부 전화차 했다고 하지만, 지난 몇 달간 최소한의 이야기도 하지 않은 두 사람이었다.

"그가 이번 사건에 관련되어 있다는 거, 아셨습니까?"

김성식은 어깨를 으쓱했다.

"그건 몰랐네. 알 수가 없지. 하지만 대충 이해는 가는군."

"네?"

"전국적으로 파워를 낼 수 있는 자리는 그다지 많지 않네. 그중에서도 다급하게 외부에서 힘을 빌려야 하는 자리는 더더욱 없지."

"아!"

그 정도 자리에 있는 사람이 외부의 세력을 끌고 오려 한다는 것은 생각하기 힘들다. 몇몇 경우만 빼고 말이다.

그리고 그 몇몇은 내부에서 치열한 권력투쟁을 벌이는 부류에 속한다.

"그래서 오문아 씨를 선택한 거군요."

"부정은 하지 않겠네. 그 녀석이 성격이 좋은 편은 아니지만 이렇게 터무니없는 짓을 저지른 정도의 녀석은 아니거든. 그래서 만일 누군가 내부에서 일을 꾸민다면 그 녀석의 반대파일 가능성이 높다고 생각했지."

물론 그게 당사자인 박석훈일 거라고는 생각도 못 했지만 말이다.

"오문아 녀석, 요즘 입꼬리가 귀에 걸렸더군."

"그렇겠지요."

지명도를 올리려고 시작한 것이 자신의 정치적 라이벌을 아예 매장시켜 버릴 수 있는 기회가 되었으니 기분이 좋지 않을 수가 없다.

"그래도 나름 신경은 쓰는 것 같더군."

"그래야지요. 우리가 사건에 대해 알고 있다는 걸 드러내면 몽땅 잠수를 탈 테니까요."

김성식은 고개를 끄덕거렸다.

"이제는 어쩔 건가, 내부의 관련자가 누군지 드러났는데?"

"다음 순서를 기다려야지요."

"다음 순서?"

"네, 저 녀석들은 사람 목숨을 파리 목숨으로 알고 있는 녀석들입니다. 보통 이런 경우는 뻔한 과정을 가지지요."

"허, 그거 피해자 어머니가 알고 있나?"

"리영숙 씨는 동의했습니다."

범인은 자신이 추구하는 방식을 따라 상황을 해결하려 하기 마련이다. 사기꾼이라면 이런 사건에 벗어나기 위해 당연히 다른 거짓말을 만들 것이고, 살인범이라면 고발한 사람을 죽이려고 할 것이다.

"그들은 몇 번이나 사고로 사람을 죽였습니다. 그리고 사고로 사람이 죽는 경우, 고발한 사람이 사라지는 셈이지요."

"그렇게 되면 그들의 문제도 해결되겠군."

"네."

고발한 사람이 없다면 검사는 어쩔 수 없이 사건을 종결할 수밖에 없다. 물론 끝까지 수사할 수는 있지만 큰 처벌을 내리기는 힘들다.

'그러면 분명히 그 작업반장은 선처를 핑계로 풀려나겠지.'

그러면 그들은 분명히 계속 이 짓거리를 할 것이다.

"위험한 선택인데."

"리영숙 씨는 목숨을 걸고라도 아들의 죽음의 원인을 알아내고 싶어 합니다."

"어머니는 강하다는 건가."

국적이 어디든 어머니들의 사랑은 절대적이다. 그리고 사랑은 목숨을 바치는 것마저 불사한다.

"그 어머니를 위해서라도 범인을 잡아야 합니다."

노형진의 말에 김성식은 고개를 끄덕거렸다.

"이제 손채림 양이 얼마나 잘해 줄지가 관건이군."

"네…… 그게 문제지요."

노형진은 걱정스러운 얼굴로 창밖을 바라보았다.

같은 시간, 손채림은 리영숙을 그녀가 일하는 식당으로 데려가고 있었다.

"일단 주변에 감시는 붙였지만 조심하세요."

"알겠습네다. 그런데 그 녀석들이 진짜로 절 찾아올까요?"

"그럴 가능성이 높다고 했어요."

그 녀석들은 실질적으로 가장 앞에서 일한 녀석들이다. 이런 일을 매번 다른 녀석들을 쓸 수는 없다. 당연히 조직에서 저지른 일에 대해 가장 잘 알고 있을 것이다.

"노형진 변호사의 말에 따르면 팀으로 움직일 가능성이 높다고 했어요. 그러니까 그 팀만 잡으면 사건을 해결할 수 있다고요."

리영숙은 고개를 힘겹게 삐걱거렸다. 범인을 잡고 싶기는 하지만 두려움이 없는 건 아니었기 때문이다.

"걱정하지 마세요. 우리가 안전하게 해 줄 테니까."

"알겠습네다."

그녀는 고개를 끄덕거리면서 차에서 내려서 식당으로 들

어갔다.

손채림은 걱정스럽게 한숨을 내쉬었다.

"걱정되십니까?"

"안 된다고 하면 이상한 거겠지요."

"하지만 이미 안쪽에서는 사람들이 들어가 있습니다."

"그건 알지만……."

그녀가 하는 일은 커다란 고깃집에서 설거지하는 것이다. 요즘은 설거지 기계를 많이 쓰기는 하지만 한국식의 오목한 그릇은 기계로 하는 데 한계가 있다.

더군다나 고깃집에서는 기름기가 많이 묻어서 기계로는 제대로 씻기 어렵다.

"이미 보안 팀에서 여직원들을 내부 직원으로 집어넣은 상태니까 그 안에서 무슨 일이 벌어지지는 않을 겁니다."

"그렇겠지요? 그나저나 사장이 착한 사람이라서 다행이네요."

"그러게 말입니다."

처음에 직원을 잠입시키려고 했을 때 가장 큰 문제는 식당의 사장이었다. 그가 겁을 먹고 잘라 버리면 잡기는커녕 당장 의심받을 테니까.

"그런데 어떻게 움직일까요? 사고로 처리할 거라는 건 알겠는데……."

"일단…… 그동안의 범죄 패턴을 분석해 본 바로는 직장에서 벌어질 가능성이 높습니다."

그녀가 살고 있는 작은 원룸은 사고로 죽을 만한 것이 별로 없다. 그리고 누군가 감옥에 가는 교통사고 같은 것은 그들이 선호하는 방식이 아니다.

물론 뺑소니는 몇 번 있었지만 그건 어디까지나 잡히지 않을 게 확실한 곳에서 한 거지, 사방에 사람과 CCTV가 가득한 도심 한복판에서 쓰는 방법은 아니다.

"그러면 그들이 쓸 수 있는 방법은 한정되죠."

고문학은 손채림을 안심시키면서 웃었다.

"그 정도는 우리가 충분히 잡아낼 수 있습니다."

그들도 전문 킬러가 아니다.

물론 사고로 많이 조작하기는 했지만 그건 어디까지나 사람이 없는 곳에서 저지른 일이지 사람 많은 곳에서는 아니다.

"곧 나타날 겁니다."

고문학은 확실하게 말하면서 손채림을 안심시켰다.

그리고 그런 그의 장담은 채 하루가 지나기도 전에 사실로 드러났다. 그것도 너무 뻔한 형태로 말이다.

'저것들, 바보 아냐?'

손채림은 커피를 사러 바깥으로 왔다가 가게 건너편에 뭉쳐서 수다를 떨고 있는 사람들을 발견하고는 기가 막혀서 말이 나오질 않았다.

'자기들이 무척 자연스러운 줄 아는 건가?'

가게 건너편에 여섯 명 정도 되는 사람들이 뭉쳐서 서로 대화하고 있었다.

나름 작게 말하는 것 같기는 하지만 그들이 하는 말은 명백하게 중국어였다.

물론 중국어를 쓰는 게 불법은 아니다. 문제는 이 장소가 중국인들이 많이 오는 장소는 아니라는 것이다.

리영숙이 있는 곳은 무척이나 고급스러운 식당이 몰려 있는 곳이고, 허름한 복장의 중국인들은 그다지 오지 않는 곳이다.

'그리 신경 쓰진 않겠지만.'

일반인들이야 그러려니 하고 넘어가겠지만 안 그래도 노릴 거라는 걸 예상하고 있는 손채림의 입장에서 가게 건너편에서 뭉쳐서 이야기하고 있는 중국인들은 이상하다고 대놓고 광고하는 꼴밖에 되지 않았다.

'무슨 이야기를 하는 걸까?'

그들은 주변 사람들이 못 알아듣는다고 생각한 건지 아주 대놓고 자기들끼리 수다를 떨고 있었다.

손채림은 슬쩍 그들 뒤에 있는 커피숍으로 가서 커피를 주문하면서 핸드폰의 녹음 기능을 켰다.

그렇게 한참 녹음한 그녀는 그걸 가지고 무심한 듯 그들을 지나쳐서 숨어서 지켜보고 있던 팀원들에게 돌아왔다.

"혹시 중국어 아는 분?"

"네?"

"이게 번역이 필요해서요."

"제가 조금 압니다."

직원 중 한 명이 손을 번쩍 들었고 손채림은 그에게 대화 내용을 틀어 줬다.

"허."

"왜 그래요?"

"전혀 엉뚱한 곳을 보고 있었는데요? 이거 대화 내용 들어 보니 대충 어떻게 죽일까, 사고가 어쩌고 가스가 어쩌고 그러는데요?"

"뭐라고요?"

가게를 살피던 사람들은 당혹했다.

당연히 감시하러 가게 주변으로 올 거라 생각했지, 건너편에 있을 거라고는 생각도 못 했던 것이다.

"거기서 무슨 음모를 짠다고?"

보통 정찰이라고 하면 가게 내부에 들어가서 시설을 살피는 것을 뜻한다. 그런데 가게 내부도 아닌 바깥에서 정찰할 거라고는 생각도 못 했다.

"뭐, 돈 때문이 아닐까요?"

"돈? 아……."

그제야 고문학은 자신의 실수를 알아차렸다.

모든 것을 경비로 처리해 주는 새론과 다르게 저들에게는 그런 시스템이 있을 리 없다. 당연히 이런 데 들어가는 비용은 자신이 내야 할 것이다.

"그러면 비싼 소고깃집은 무리지."

리영숙이 일하는 곳은 아주 비싼 최고급 소고깃집이다. 1인분에 6만 원이 넘는 집이니 당연히 그곳에 들어가서 정찰을 할 수 없었을 것이다.

설사 하고 싶다고 해도 총 3층짜리 건물이고 리영숙이 일하는 주방은 저 안쪽이라 들어갈 수도 없다.

"우리 기준으로 판단했더니 엉뚱한 곳에서 튀어나오는군요."

직원 중 한 명이 자신들의 실수를 인정했다.

"그런데 이야기를 들어 보니 가스를 이용할 것 같은데요?"

"그렇지?"

"하긴, 식당에서 사고 처리하기에는 그게 가장 확실하죠."

부하들은 그들의 음모를 알아채고는 고개를 끄덕거렸다.

하지만 손채림은 걱정스러운 얼굴이 되었다.

"그럼 일이 커지지 않나요?"

"당연히 일이 커지지요."

리영숙의 업무는 설거지다. 당연히 사람들이 모여서 밥을 먹기 시작할 때 일거리가 나온다. 그러니 그녀를 죽이기 위해 사고를 일으킨다는 것은 그곳에 있는 다른 사람들도 사고에 휘말리게 한다는 뜻이다.

"못해도 열 명은 죽을 텐데."

"그런 걸 걱정하는 놈들이면 이런 일은 저지르지 않습니다."

손채림의 말에 고문학은 비웃듯 중얼거렸다.

그가 들어 본 사건 중에서 가장 황당한 사건 중 하나가 바로 이 사건이다. 사람을 대상으로 사고 처리해서 보험금을 받아 내는 회사라니.

"걱정하지 마세요. 우려하던 일은 벌어지지 않을 겁니다."

손채림의 걱정이 뭔지 안 고문학은 피식 웃었다.

"우리는 떡밥을 좀 던질 뿐입니다, 후후후."

고문학은 전화기를 들어서 노형진에게 전화를 걸기 시작했다.

⚖

"저기 오는군."

아무도 없는 밤. 어둠 속을 스치듯 지나가는 수많은 차량들. 그중 트럭 한 대가 건물 쪽으로 조용히 다가오는 것이 보였다.

"가스를 아예 가지고 온 모양인데?"

김성식은 그 녀석들이 트럭에서 내리는 뭔가를 발견하고는 기가 막혀서 헛웃음이 나왔다.

"아무래도 도시가스는 믿음직스럽지 않은가 보지요."

"하긴……."

가스 사고를 내기 위해서는 당연히 가스를 뿌려야 한다.

그런데 현대에 와서는 가스 배관이 금속으로 되어 있다. 당연히 배관에 구멍을 내려면 전동 드릴을 쓰는 수밖에 없는데, 그런 경우 스파크가 튀기 마련이다. 그러면 자신들이 죽을 수 있으니 미리 가스를 준비한 것이다.

"뒤쪽으로 가는군요."

노형진은 예상대로 돌아가자 피식 웃었다.

저들이 지금 하는 행동은 모두 녹화되고 있다. 바보가 아닌 이상에야 아무리 사람이 없는 시간이라 해도 앞으로 들어갈 리 없으니까.

더군다나 주방은 뒤쪽에 있다. 당연히 뒤로 갈 수밖에 없었다.

"빨리빨리 뚫으라우."

"기다려. 유리창이 이중이라 걸리지는 않을까? 아니야?"

그들은 서로 작게 이야기하면서 창문의 유리창에 작은 구멍을 뚫었다. 그리고 그곳에 호스를 스윽 끼워 넣었다.

"여기는 잘 안 보일 끼야."

"가스는?"

"타이머 다 해 놨지. 내일 신호를 넣으면 가스가 들어갈 끼야."

주방에서는 불을 쓰지 않을 수가 없다. 당연히 불을 켜는 순간, 주방에 가득한 가스가 터지면서 터져 나갈 게 뻔했다.

"빨리 가자구."

그곳을 벗어나려고 하는 사람들. 하지만 그들은 그럴 수가 없었다.

애애앵!

"어?"

저 멀리서 경찰차가 오는 소리가 들려왔기 때문이다.

"어, 뭐야?"

"경찰인가?"

"지나가는 거 아닌가?"

사람은 적응의 짐승이라고 했다. 이들이 처음에 살인했을 때는 두려움에 떨었을지도 모르지만 시간이 지나고 나자 이 제는 무심해졌다.

더군다나 지금까지 단 한 번도 걸리지 않았다는 사실에 그들은 만만하게 생각했다.

"놔둬. 지나가겠지."

이런 일이 없었던 것도 아니기 때문에 그들은 자신들의 일에 집중했다. 하지만 소리가 가까워져 올수록 그들은 점점 더 불안해졌다.

"이상하잖아?"

"걸린 거 아냐?"

"그럴 리가."

그들은 무시하려고 했지만 그럴 수가 없었다.

이쪽은 상업가라 이 시간에는 사람이 없다. 그런데 경찰차의 소리가 이쪽으로 쭈욱 가까워지고 있기 때문이다.

"안 되겠다. 튀자."

결국 그들은 불안감에 일을 멈추고 도망가려고 했다. 하지만 그런 그들을 놔둘 노형진이 아니었다.

"지금입니다."

노형진은 이미 그들이 도망갈 수 없게 양쪽으로 사람들을 감춰 둔 상태였다. 그들이 들어간 뒤쪽의 소로는 한 명밖에 설 수 없는 통로로, 말 그대로 뒤에서 작업하기 위해 만들어 둔 좁은 길.

"꼼짝 마!"

경호 팀이 나타나자 막 그곳에서 나오던 자들은 움찔했다.

"경찰이 올 때까지 기다려 줘야겠어."

"이런 싯팔……."

그들은 입구를 가로막는 건장한 사내들을 보고는 욕을 했다. 자신들이 함정에 빠졌다는 것을 알아챈 것이다.

그렇다는 것은 지금 가까워지고 있는 경찰은 자신들을 잡으러 온다는 소리였다.

"빨리 나가라우! 우리가 숫자가 많아!"

"어떻게 나가라고?"

입구를 막고 있는 사람들은 고작 세 명.

그에 반해 자신들은 다섯이다.

그러니 싸우면 이길 수 있다는 생각을 했다.

물론 선두에 선 남자는 그럴 수가 없었다.

"저거 안 보임둥?"

세 명뿐이지만 그들은 입구를 틀어막고 있다. 즉, 나가는 순간 세 방향에서 몽둥이가 날아온다는 뜻이다.

그런데 길이 좁아서 자신들은 한 명씩만 나갈 수 있다. 따라서 숫자는 자신들이 많을지 몰라도 결과적으로는 1:3의 싸움이 되는 것이다.

"그럼 여기서 잡힐 검메? 그냥 제끼라우!"

이를 악무는 뒷사람의 말에 선두에 선 남자는 이를 악물었다. 여기서 잡히면 좋은 꼴은 못 보기 때문이다.

"이야!"

결국 이를 악물고 덤비는 남자.

하지만 악으로 되는 것과 안 되는 것이 있다.

"아악!"

처절한 비명 소리.

그 비명 소리는 경호 팀이 아닌 달려들던 남자에게서 난 소리였다.

왼쪽에 있던 사람이 그의 어깨를 내려쳤고, 오른쪽에 있던 사람이 칼을 든 그의 오른손을 박살을 냈다. 그리고 선두에 서 있던 사람은 커다란 진압용 방패로 밀어 버렸다.

어두운 골목인지라 그가 시키면 진압용 방패를 들고 있는 걸 확인하지 못한 것이다.

"끄아악!"

비명을 지르면서 바닥을 나뒹구는 남자.

그러자 뒤에서 찌르라고 다그치던 녀석이 선두가 되었다.

"자, 다음."

방패를 들고 있던 정우찬은 히죽 웃었다. 그러면서 바닥에서 나뒹굴고 있는 남자의 부러진 오른팔을 꾸욱 밟았다.

"끄아아악!"

남자는 발버둥 치며 벗어나려고 했지만 얼마나 강하게 밟고 있는지 손을 뺄 수가 없었다.

"누가 대가리가 박살이 나고 싶은가?"

"으으으."

그들은 그 잔인한 모습에 부르르 떨었다.

물론 그들도 살인마들이기는 하지만 당하는 입장이 되자 전혀 기분이 달랐던 것이다.

"이거 참······."

노형진은 뒤에서 나타나면서 혀를 끌끌 찼다.

경호 팀은 평소에는 손쓰지 않지만 일단 쓰기 시작하면 적당히라는 게 없기 때문이다.

'확실히······.'

회귀 전 선천적인 살인마들로 만들어진 집단이다. 매주 상담 치료를 받게 해 조직과 사회에 녹아들게 만들고 있지만 그렇다고 해서 그들의 성향은 사라지지 않는다. 그냥 돈 때문에 하는 자들과 타고난 자들은 그 기백에서 차이가 날 수밖에 없다.

"그만하시죠. 경찰이 왔습니다."

"그렇습니까?"

정우찬은 힐끗 뒤를 보고는 안타깝다는 듯 방패를 빼기 시작했다. 그러면서 다시 한 번 발에 힘줘서 부러진 남자의 오른손을 강하게 밟았다.

"끄아악!"

자지러지는 비명을 지르던 남자는 결국 게거품을 물면서 기절했다. 그때 그제야 물러난 정우찬의 자리에 경찰들이 권총을 들이밀면서 나타났다.

"어디 한 군데 부러지는 걸로 끝나지 않을 겁니다."

노형진은 어쩔 줄 몰라 하는 그들을 보면서 씩 웃었다.

이쪽에는 경찰이 있고, 경찰은 총을 가지고 있다. 아무리 그들이 깡이 좋아도 총을 상대로 싸움을 걸 수는 없다고 생각했다.

"이런 싯팔!"

완전히 포위당한 걸 안 범인들은 눈이 뒤집혔다. 그들 중 한 명이 안쪽으로 들어가는 듯하더니 뭔가를 들고 나왔다. 그리고 경찰들은 그걸 보고 당혹해하면서 뒤로 물러났다.

"뭐 하는 겁니까!"

"저…… 저게…….."

노형진은 어깨너머로 그들을 보고는 기가 막혀서 말이 나오지 않았다. 그들은 자신들이 가지고 온 가스통을 앞으로 들이밀면서 뛰쳐나오기 시작한 것이다.

"쏴! 쏴 보라고, 이 새끼들아!"

"어어어……?"

가스통에 총알이 맞으면 이곳이 날아가는 것은 당연한 일. 경찰들은 어쩔 줄 모르고 주춤주춤 뒤로 물러났다.

그때 보다 못한 정우찬이 슬쩍 앞으로 나섰다.

"으아아!"

경찰이 물러나자 그들은 도망갈 틈이라 생각하고 미친 듯이 달려오기 시작했다. 하지만 경호 팀이 안 보인다고 없는 건 아니었다.

빠각!

뭔가 부러지는 소리와 함께 그대로 주저앉는 남자. 그리고 그와 동시에 그의 품에 있던 가스통이 허공을 날았다.

탱그랑.

엄청난 소리를 내면서 바닥을 나뒹구는 가스통.

순간 사람들의 시선이 그쪽으로 향했다가 안도의 한숨이 흘러나왔다. 가스통이 터지지 않았던 것이다.

"이 새끼들이 진짜 미쳤나!"

그리고 정신을 차린 정우찬과 경찰들은 3단 봉을 꺼내 들고, 앞사람이 쓰러지면서 거기에 엉켜서 쓰러진 범인들을 무차별적으로 구타하기 시작했다.

"으악!"

"아악!"

"살려 줘!"

그들의 처절한 비명 소리가 도심지에 울려 퍼졌지만, 노형진은 그저 구경만 할 뿐이었다.

"안 말려?"

보다 못한 손채림이 노형진의 옆에 다가와서 조심스럽게 묻자, 노형진은 그녀의 얼굴을 보면서 진지하게 말했다.

"전혀 말리고 싶지 않은걸. 넌 말리고 싶어?"

"어…… 전혀."

잠깐 생각한 손채림은 역시나 고개를 흔들었다.

그들이 달려오다가 가스통을 놓쳤을 때 진짜로 자신이 죽는 줄 알았다. 그 생각을 하니 전혀 말리고 싶은 생각이 들지 않았다.

"아악!"

그리고 그건 모든 사람들이 다 그런 건지, 누구도 경호 팀과 경찰들을 말리지 않고 구경만 할 뿐이었다.

힘자랑? 나도 힘 있다

"뭐라고요?"

노형진은 얼마 후 경찰의 이야기에 기가 막혀서 말이 나오지 않았다.

"아니, 떠먹여 줘도 그걸 해결을 못 합니까?"

"그게 말이지요."

노형진을 만나러 온 사람은 해당 경찰서의 형사과장이었다. 그는 나름 양심적인 사람이라 공적을 밀어주기 위해 데리고 온 것이다. 그런데 그의 말은 어이가 없었다.

"위에서는 살인미수로 끝내라고……."

"살인미수? 그게 말이나 됩니까?"

최소한 수십 건의 살인을 한 것으로 추정되는 놈들이다.

더군다나 이번에도 리영숙 한 명이 아닌 여러 명이 죽을 수도 있는 가스 사고를 내려고 했다. 그런데 고작 한 건의 살인 미수라니?

"당연한 거죠."

"네?"

마침 함께 있던 오문아는 얼굴을 살짝 찡그렸다.

"검찰에도 세력이 있는데 경찰이라고 없겠어요?"

"아…….."

노형진은 아차 싶었다.

당연히 있다. 자신이 이야기한 것인데 정작 본인이 까먹다니.

"검찰이야 내가 무시하면 그만이고 박석훈이랑 내가 현재로서는 동급이니 드러내지 못하지만 경찰이 그럴까요? 고작 형사과장인데?"

"하아."

형사과장은 절대로 높은 직책이 아니다. 말 그대로 일선에서 뛰는, 노가다로 보면 일종의 작업반장 같은 존재다.

"위에서 하라면 하라는 대로 해야지, 뭐."

어깨를 으쓱하는 오문아.

그 모습을 본 손채림은 뭔가 마음에 들지 않는 얼굴이 되었다.

"이래도 되는 거야?"

"아가씨, 이쪽은 원래 이런 거예요."

"아가씨?"

손채림은 약간 어이가 없다는 표정을 지었지만 오문아가 더 연배가 높기 때문에 아무런 말도 하지 않았다.

"그러면 어쩌죠? 오 검사님이 압력을 행사해 보시겠습니까?"

"무리죠. 물론 할 수는 있겠지만 저쪽이 압력을 행사하는 사람이 많을 텐데 내 압력이 먹히겠어요?"

"흠……."

저쪽은 경찰 상급자들뿐만 아니라 박석훈도 압력을 행사할 것이다. 그에 비해 이쪽은 고작해야 오문아 한 명뿐이다.

"결국 놔두면 저쪽 의도대로 돌아간다는 뜻이군요."

"뻔하죠."

노형진은 얼굴을 찡그렸다.

사건이 큰 만큼 저쪽에서도 사력을 다해서 막으려고 할 것쯤은 예상했다. 하지만 그래도 범인을 잡으면 해결될 거라 생각했는데, 정작 그날 잡힌 범인들은 입도 열지 않았고 도리어 자신들에게 압력이 들어오고 있었다.

"그냥 인터넷에 터트리면 안 돼?"

"그러면 좋지만 그건 음모론일 뿐이야. 음모론은 그다지 오래가지도 않고, 효과도 없어. 도리어 잘못하면 경찰 수사가 음모론에 휘말리지 않는다는 식의 변명도 가능하거든."

여론전을 할 때는 증거가 중요하다.

물론 어쩔 수 없이 여론전을 할 때도 있지만 그때는 사람들의 공감을 이끌어 낼 수 있는 사건이어야 한다. 그런데 이 건 공감을 얻어 내는 데 한계가 있다.

"그러면 어쩌지? 이대로 당해?"

그럴 수는 없다. 여기서 물러나게 되면 또 얼마나 많은 사람들이 사고로 위장해서 살해당할지 알 수 없다.

"새론은 로비도 하지 않는 겁니까?"

"우리는 그쪽은 잘하지 않습니다. 기본적으로 우리 새론은 중립을 표방하니까요."

"위로는 못 올라가겠군요."

"지금도 충분합니다."

새론이 더 위로 올라가기 위해서는 정치권과의 결탁이 필수다. 그런데 새론은 정치권과 결탁할 생각이 없다. 당연히 위로 올라가는 데 한계가 있다.

"그러면 어쩔 겁니까? 이대로는 저쪽에서 원하는 대로 될 텐데?"

이대로 두면 저 녀석들은 한 건에 대한 살인미수로 처벌받을 테니 잘해 봐야 3년이다. 그리고 이런 사건은 계속 벌어질 것이다.

"우리가 로비를 잘하지 않는다고 했지, 남이 한 로비까지 안 쓴다고는 안 했습니다."

"뭐라고요?"

노형진의 말에 오문아는 갸우뚱했다.

다른 기업들이 로비하는 것을 모르는 바는 아니지만 남이 로비한 것을 새론을 위해 쓸 리 없기 때문이다.

"뭐, 상황이 이렇게 되면 다른 사람의 로비 선이라도 써 봐야지요."

"그런데 그럴 만한 곳이 있습니까?"

"있습니다, 아주 좋은 곳이. 그들이 정치인들에게 하는 로비 자금으로 보면 대한민국에서 수위권에 들걸요."

"그런 곳이 뭐가 아쉬워서 새론을 위해 로비한다는 겁니까?"

노형진은 잘못된 부분을 지적해 줬다.

"우리를 위해서가 아닙니다. 그들을 위해서 하게 될 겁니다."

"······?"

손채림도, 오문아도 어리둥절할 수밖에 없었다.

"이 말이 사실입니까?"

"사실이라고 추정합니다."

"추정?"

노형진은 눈앞에 있는 사람을 보면서 심각한 얼굴을 하고 있었다.

"위에서 수사를 방해하고 있어서 자세한 결과를 알아낼 수가 없습니다."

"으음…….."

눈앞에 있는 남자, 이성훈은 거대 보험회사의 주요 관리자다. 그런 그에게 어느 날 온 한 장의 메일. 그건 그가 자리에서 벌떡 일어나게 만들었다.

"경찰이 왜 수사를 막는다는 거죠?"

"이런 짓을 하면서 로비하고 사건 수사를 막는 건 기본 아닙니까?"

"그거야…… 그렇지만…….."

이성훈은 심각한 얼굴로 증거들을 바라보았다.

그동안 있었던 일에 대한 모든 자료들과 사건을 만들기 위해서 벌어진 상황을 찍은 동영상까지.

"어떻게 이런 일이…….."

물론 보험 사기야 흔하게 벌어지는 일이고 그걸 잡아내기 위한 팀이 따로 있다.

그렇다고 하지만 그건 어디까지나 개인적인, 설사 한다고 해도 소수의 인원이 뭉쳐서 벌이는 일이지, 이렇게 기업 차원에서 벌이는 일이 아니다. 아마 전 세계 어디에서도 벌어진 적이 없는 일일 것이다.

"보험의 수익자가 회사라는 것 자체가 말도 안 되는 소리죠."

노형진은 이번 사건의 가장 큰 부분을 지적했다.

"보험이라는 것은 기본적으로 당사자가 사고로 인해 사망하는 경우 남은 가족들을 위해 가입하는 겁니다. 그런데 기업은 그런 것도 아니죠. 당사자가 죽으면 새로운 직원을 뽑으면 그만입니다. 그런데 왜 기업이 보험을 들죠?"

"음……."

"이런 사건은 기본적으로 당사자가 죽으면 죽을수록 기업에는 막대한 수익이 생깁니다. 기업은 자신들의 자리를 이용해서 당사자를 극단적 상황에 처하게 하거나 죽을 수도 있는 위험한 자리에 배치할 수 있습니다. 숙련공이 아니라면 더 잘 죽겠지요. 그러면 기업은 사람이 죽을수록 보험금을 타게 되는 겁니다."

노형진이 설득할수록 이성훈은 참담한 표정이 되었다. 지금까지 닥친 사건만 본다면 자신의 회사에서 본 피해는 못해도 1천억이 넘는다.

'사실 미국에도 이런 피해 사례가 있었지.'

노형진도 처음에는 몰랐지만 이번 사건을 하면서 알아본 바에 따르면 미국에서도 이런 비슷한 사건이 있었다.

물론 이번처럼 아예 막장으로 사고사처럼 죽인 건 아니지만 직원을 말려 죽이는 식으로 죽여 버린 것이다.

결국 그 직원이 일하면서 받아 간 월급은 1억이 안 되는데 기업은 보험료로 5억이 넘는 돈을 챙겼다.

'이걸 대한민국에 들어오게 하면 안 된다.'

지금이야 중국 녀석들이 돈 욕심에 저지른다지만 이게 한국에 안착하게 되면 기업들의 또 다른 수익 모델이 될 가능성이 높다.

"이건 명백하게 보험 사기입니다."

"동의합니다. 하지만 어째서 이런 게 내부에서 걸러지지 않았는지 모르겠군요."

"경찰과 검찰 내부에도 사람을 심어 둔 녀석들입니다. 보험회사에 사람을 심어 두는 건 어려운 일이 아니지요."

"회사 내부에요?"

"경찰이나 검찰은 최소한의 소명 의식이라도 있지만 솔직히 회사에 그런 걸 기대하기는 힘들지 않습니까?"

물론 검찰이나 검찰에도 소명 의식이라고는 개뿔도 없는 인간들이 존재한다. 문제는 회사는 더 심하면 심했지, 약하지는 않는다는 것이다.

더군다나 보험회사의 실적은 기본적으로 보험을 가입시킨 걸로 판단하지, 그 보험의 지급률로 판단하지 않는다.

"그러니 내부에서 누군가 통계자료만 살짝 없애도 상부에서는 이걸 모르고 넘어갈 수밖에 없지요."

"큭."

이성훈은 반박할 수가 없었다.

자신이 아무리 나름 높은 자리에 있는 사람이라고 하지만 직원인 것 또한 틀림없는 사실이다. 아니, 도리어 자신처럼 일반 직원이 아닌 임원급이 된 사람들이 배신할 가능성이 더욱 높다.

임원급은 법적으로 보호받는 사람이 아니다. 당장 언제 잘릴지 모르는 게 임원이다.

'그런데 임원급이 가진 파워는 엄청나지.'

웃기게도 비정규직에게 회사의 운명을 맡기는 셈이다.

당연히 그들은 당장 자신에게 들어오는 수익과 뇌물, 배당금을 생각하지, 장기적으로 기업을 생각하지 않는다. 잘못된 사람이 들어오면 회사가 흔들리는 건 한순간이다.

"의심 가는 사람 없습니까?"

"……."

이성훈은 아무런 말도 할 수가 없었다. 의심 가는 사람이 없어서가 아니라 의심 가는 사람이 너무 많아서 대답하지 못한 것이다.

"우리가 조사로 알아낼 수 있는 건 여기까지였습니다."

노형진은 슬쩍 몸을 빼기 시작했다. 이 사건에서 자신들이 전면에 나설 이유는 없다. 자신들을 대신해서 싸워 줄 인간들은 많으니까.

"이걸 가지고 가도 될까요?"

이성훈은 대답도 듣기 전에 이미 자료를 주섬주섬 챙기고 있었다. 노형진은 그런 이성훈을 보며 고개를 끄덕거렸다.

"가지고 가세요."

"감사합니다."

그는 제대로 인사도 하지 않고 가방에 자료를 집어넣고는 황급하게 바깥으로 나갔다.

노형진은 그가 나간 것을 확인하고는 전화기를 들었다.

"어, 난 방금 끝났어. 넌?"

－나도 끝났어. 얼마나 남은 거지?

전화기 너머에서 들리는 손채림의 목소리. 그녀는 다른 사람을 만나고 있었다.

"어디 보자…… 한 아홉 군데 정도?"

－우리나라에 보험회사가 무척 많네.

"그나마 그 녀석들이 가입했을 가능성이 높은 굵직굵직한 곳만 고른 거야. 아마 이곳에서 소문이 돌면 작은 곳들도 털기 시작하겠지."

－하여간 머리는 좋다니까.

전화기 너머에서 들리는 목소리에 노형진은 피식 웃었다.

노형진이 한편으로 이용하기로 한 것은 다름 아닌 보험회사였다. 그들은 지금까지 막대한 보험금을 지급하면서 큰 손해를 봤을 게 뻔하기 때문이다.

안 그래도 보험금을 지급하지 않기 위해 일단 소송부터 걸어 보는 게 보험회사인데 그들이 넘어갈 리 없다.

"자, 빨리 움직이자고. 아마 내일부터 정치인들이 조금 바빠질 거야, 후후후."

그리고 그 후에는 진실이 드러나기 시작할 것이다.

"이게 무슨……."

박석훈은 정신이 아득해지는 기분이었다.

어찌어찌해서 사건을 대충 덮는 데 성공했다고 생각했다. 오문아가 문제이기는 하지만 손써 놨으니 사건이 그쪽으로 갈 일은 없었다. 그런데 갑자기 사장에게서 무서울 정도의 압력이 들어오기 시작했다.

"어르신께서는 걱정하십니다."

"씨발! 지금 그 걱정 하게 생겼어? 어디서 압력이 들어오지 알아!"

눈앞에 있는 남자에게 박석훈은 소리를 버럭 질렀다.

"그러니까 미리 적당히 하셨어야지요."

"뭐? 이 새끼들아! 지금 장난해! 완벽하게 처리할 수 있다며! 그 미친년만 정리하면 문제 될 게 없다면서!"

자신이 어찌어찌해서 살인미수 정도로 처벌하기로 한 녀석들에 대한 대대적인 수사가 다시 시작되었다.

문제는 그 녀석들이 아닌 그 위쪽이었다.

어찌 된 일인지 이번 정치권의 압력이 그동안 있었던 수많은 사고에 가해지고 있었던 것이다.

"이대로 가면 같이 죽는 거야! 알아!"

"그럴 수도 있겠지요.!"

"뭐라고?"

"사고일 뿐인데 어쩌라고요."

"이 새끼들이 증말!"

"말조심하십시오. 새끼라니요."

남자는 빙긋 웃었지만, 그 미소를 본 박석훈은 왠지 모르게 소름이 돋는 느낌이 들었다.

"사건 마무리 잘 부탁드립니다. 서로를 위해서라도 그게 좋지 않겠습니까?"

"으으으……."

"안 된다고 하면 우리도 방법이 없구요."

그는 그렇게 말하면서 자리에서 일어났다. 그리고 옆에 있던 가방을 들고 천천히 문 바깥으로 나갔다.

"나중에 건강한 모습으로 다시 볼 수 있다면 좋겠네요."

박석훈은 자신도 모르게 공포에 부르르 떨었다.

그렇게 묘한 공포를 남긴 남자는 문밖으로 나오자마자 핸드폰을 들었다.

"어르신, 접니다. 아무래도 이쪽 패는 끝난 것 같습니다."

뜨거운 태양과 다르게 그의 말은 차갑기 그지없었다.

⚖️

라오위는 자신이 충분히 풀려날 수 있을 거라 생각했다.

한 번의 실수로 잡히기는 했지만 실질적으로 저지른 다른 일이 걸리지는 않았기 때문이다. 그런데 그는 자신의 귀를 의심할 수밖에 없었다.

"그게 무슨 말이야? 정리라니?"

조직에 있는 자신의 아주 친한 사람으로부터 들은 말.

"보험사가 꼈다. 그쪽에서 들어오는 압력이 장난이 아니야."

"그게 말이나 돼? 그 새끼들이 어떻게 아는 건데?"

"경찰 내부에서 누군가 찔렀다는 이야기가 있어."

"큭…… 그럼 내부의 놈들은?"

"이미 정리된 모양이야."

보험사들은 사실을 알고 대대적으로 그들의 행동을 감시하기 시작했다. 몰라서 못 잡을 뿐이지, 안다면 잡는 것은 어렵지 않은 게 보험 사기다. 그 패턴이 비슷하기 때문이다.

당연히 맨 처음 가입시킨 사람부터 시작해서 위쪽을 조사하기 시작했는데, 그 결과 그동안 내부에서 감춰 주던 자들은 줄줄이 잡혀가고 있었다.

"그게 말이나 돼! 우리가 먹인 게 얼만데!"

라오위는 등골이 오싹했다. 자신들이 그동안 관계자들에게 준 뇌물이 얼만데 그게 먹히지 않는다니.

"그쪽은 우리보다 훨씬 덩치가 크다고."

대한민국에서 보험은 노다지라고 불릴 정도로 수익률이 좋다. 그렇게 되기 위해 정부 차원에서 그들을 밀어주기 때문이다. 당연히 그런 정부가 남 좋으라고 그렇게 시스템을 짜 줄 리 없다.

"그 녀석들이 한 로비는 우리보다 훨씬 위쪽이고, 더군다나 돈도 많다고."

"큭, 그럼?"

"일단은 당분간은 입 다물고 조용히 있어야겠어."

"당분간 입 다물라고?"

"그래."

"그걸 말이라고 하는 거야!"

이 순간 조용히 있는 것은 기본적인 상식이다. 문제는, 그가 여기까지 찾아온 게 그 당분간이 생각보다 길어진다는 걸 의미한다는 점이다.

"얼마나?"

"한 15년 정도……."

"뭐라고! 2년이면 나간다며!"

"상황이 좋지 않아."

보험회사들이 움직이기 시작하자 그동안 관리해 온 라인이 제대로 힘쓰지 못할 정도로 엄청난 압력이 들어오고 있었다.

"이대로는 일단 한국에서 떠야 할 것 같아."

"우리는?"

"……."

말하지 못하는 동료의 얼굴에 라오위는 얼굴이 창백해졌다. 팽당한 것을 알아챈 것이다.

"입 다무는 게 좋을 거야. 그러지 않으면 중국에 있는 가족들이 좋은 꼴을 못 볼 테니까."

라오위의 얼굴에는 분노가 가득했다.

물론 동료, 아니 동료라고 생각했던 자는 단호했다.

"알아서 해. 우리는 지금으로서는 해 줄 게 없어."

자리에서 일어나는 동료를 보면서 라오위는 자신이 제대로 버려졌다는 것을 알아차렸다.

"젠장……."

폭력 조직에서 감옥에 간 사람을 대신해서 가족을 보호해 준다는 건 영화에서나 나오는 거다. 그들에게 효용 가치가 떨어진 자들은 그저 버려질 뿐이다.

"젠장! 젠장!"

라오위는 이를 박박 갈 수밖에 없었다.

일단 조사하다 보면 자신이 저지른 다른 죄가 드러날 것이다. 그렇게 된다면 자신은 죽을 때까지 이곳을 빠져나가지 못할 것이다. 15년이라는 시간도, 그저 듣기 좋으라고 한 말인 꼴이다.

"씨발……."

라오위는 절망적으로 머리를 부여잡았다.

그런 그에게 비극적인 소식이 들린 것은 며칠 뒤였다.

"죽었다고?"

"그래."

다른 교도소로 간 동료가 죽었다. 자기들끼리의 분쟁에 휘

말려서 그곳에서 칼에 찔려서 죽었다고 한다.

물론 교도소에 칼은 반입 금지다. 하지만 칼 비슷한 걸 만들어 내는 것은 어려운 일이 아니다. 대표적인 게 칫솔을 갈아서 만든 칼이다.

"어…… 어떻게……?"

라오위는 입을 쩍 벌렸다.

"몰라. 조사 중이라고 하지만 갑자기 싸움이 나서 간수들이 뜯어말리고 보니 목에 칼빵이 들어가 있더란다."

동료의 말에 라오위는 갑자기 부르르 떨었다.

그들은 범죄자다. 그리고 중국 감옥에서 어떤 일이 벌어지는지 아주 잘 알고 있다.

물론 여기는 대한민국이다. 그런데 지금 들은 말은 중국에서 흔하게 벌어지는 일이었다.

"서…… 설마……?"

"너도 똑같이 생각하는 거지?"

"하, 하지만 형님들이 왜 우리를 버리겠어? 그치? 그렇지?"

"얌마, 너도 얼마 전에 들었잖아, 우리 버려진 거……."

"……."

"그러면 위에서 뭐라고 하겠냐?"

"……."

"씨발……."

그들의 얼굴은 사색이 될 수밖에 없었다.

중국에서 벌어지는 그 일이 한국에서 벌어졌다. 그런데 중국에서 그런 일이 벌어지는 것은 단 한 가지 경우에 해당된다.

바로 입을 막는 것.

죽은 자는 말이 없기 때문이다.

"젠장……."

라오위는 이를 빠드득 물었다. 그는 마음을 독하게 먹으려고 했다. 하지만 바로 다음 날부터 그는 남과 다른 삶을 살아야 했다.

"뭡니까?"

그를 끌고 간 사람들이 갑자기 그를 독방으로 옮긴 것이다.

독방은 두 종류가 있다. 하나는 처벌용 독방, 하나는 말 그대로 혼자 지내는 독방.

처벌용은 내부에서 문제를 일으킨 녀석을 처벌할 때 쓴다.

그런데 그가 간 곳은 처벌용이 아닌 말 그대로 혼자 생활하는 독방이다. 방에 책상과 밥상 그리고 텔레비전, 심지어 화장실과 샤워실까지 있는 원룸 같은 방.

"안전을 위해서다."

"안전?"

"그래."

"아니, 무슨 안전요?"

그는 간수에게 물었지만 간수는 대답하지 않았다. 그저 여기에 있으라는 말만 할 뿐이었다.

'싯팔.'

그 말을 들은 라오위는 얼마 전 동료로부터 들은 말이 생각났다. 다른 동료에게 벌어진 비극적 사건. 그건 다른 교도소에서 벌어진 거라 했다.

'그러고 보니…….'

자신과 이야기했던 그 친구가 보이지 않았다. 며칠 전부터 말이다.

"잠깐만요."

그는 다급하게 간수를 불렀다.

"뭔가?"

"제 친구, 어디에 있습니까? 제 친구요! 어디에 있느냐고요! 같이 온 녀석 말입니다!"

간수는 약간 곤란한 표정을 지었다. 그 표정을 본 라오위의 불안감은 점점 커져만 갔다.

"흠흠…… 사고가 좀 있었다."

"무슨 사고요?"

"그건 알 필요 없다."

그 간수는 말해 주지 않고 멀어졌지만 라오위는 창백해지다 못해 온몸을 덜덜 떨고 있었다.

⚖️

"으으으……."

그는 잠을 잘 수가 없었다. 언제 어떻게 죽을지 모르기 때문이다.

"젠장! 젠장!"

간수들이 자신을 독방에 두는 이유를 알 것 같았다. 같이 들어온 공범 중 두 명 이상이 사고로 죽었다면 바보가 아닌 이상에야 뭔가 벌어지고 있다는 것을 알아차릴 것이다.

"싯팔……."

그가 그렇게 공포에 떨고 있을 때 오문아가 찾아왔다.

"내일부터 일반 감옥으로 옮길 겁니다."

"뭐라고요?"

"일반 동으로 옮길 거라고요."

"아니, 왜요!"

물론 일반 동이 정상이기는 하다. 하지만 말이 독방이지 사실상 원룸이나 마찬가지이기 때문에 여기에서 나가지 않으려고 하는 것 또한 정상이다.

하지만 그에게는 목숨이 걸린 문제였다.

"위에서 말이 나왔습니다."

"위에서 말이 나왔다고요?"

"네, 특정 범죄자에 대한 잘못된 배려는 문제가 된다고요."

"내 동료들이 죽었단 말입니다! 그런데 나더러 일반 감방으로 가라고요? 그건 나더러 죽으라는 소리란 말입니다!"

오문아는 안타까운 표정이 되었다. 마치 자신도 안다는 듯

한 표정.

그리고 그 표정을 본 라오위는 일이 제대로 잘못되어 가고 있다는 것을 알아차렸다.

"저로서도 방법이……."

"없다고요?"

"네."

"……."

그 순간 라오위의 머릿속에서는 자신들이 엄청나게 로비했던 사람들이 생각났다.

그들이라면 자신을 일반 감방으로 옮길 정도의 힘을 얼마든지 발휘할 수 있다. 그리고 그렇게 된다면…….

"안 가고 싶습니다. 제발…… 가기 싫습니다."

"저로서도 방법이 없습니다. 현재 당신이 의심받고 있는 죄목은 살인미수. 그 정도 죄목을 가지고 감옥에, 그것도 이런 특별한 방인 독거실에 둘 수는 없습니다."

"독거실 말고 다른 곳으로 보내 주십시오…… 제발……. 저, 여기서 나가면 죽습니다. 다른 안전한 감옥으로 보내 주세요. 중국인들이 없는 곳으로요!"

"그건 제 힘으로는 할 수 없습니다. 당신한테 걸린 죄목으로는……."

라오위는 다급하게 오문아에게 매달렸다.

"다른 죄목이 있으면 갈 수 있습니까?"

"아마도요."

"그럼 자백하겠습니다."

"자백?"

"사실은……."

그는 자신이 했던 모든 범죄를 술술 불기 시작했다.

⚖

"완벽하게 속았네요. 호호호."

오문아는 즐거운 얼굴로 노형진을 보았다. 노형진이 가르쳐 준 대로, 함정에 빠진 범인들이 죄다 범죄 사실을 불었기 때문이다.

"서로에게 믿음이 없으니까요."

그들이 잡혀 버린 다섯 명에게 경고할 거라는 것쯤은 알고 있었다. 그리고 노형진은 그때를 기준으로 해서 저들을 함정에 빠트린 것이다.

"그런데 그런 얍삽한 방법에 걸리다니, 의외군요."

"그들은 한국인이 아닙니다. 그러니 한국을 잘 모르지요. 당연히 그들은 한국의 교도소라는 곳도 결국은 자신들의 지식으로 판단해야 합니다."

그리고 그들이 생각하는 중국의 교도소는 진짜로 그러한 청부 살인과 입막음이 쉽게 이루어지는 곳이다.

"그러니 입막음이 벌어지고 있다는 약간의 의심만 부추기면 그들은 살기 위해 발악할 수밖에 없지요."

애초에 누구도 죽은 사람은 없었다. 다만 그들의 대화와 편지 왕래를 철저하게 막고 헛소문을 퍼트린 것뿐이다. 하지만 그것만으로도 그들은 겁을 먹고, 살기 위해 자신들이 아는 모든 것을 다 나불거렸다.

"이거면 완벽해요."

그들이 이야기한 것만으로도 오문아는 승진을 보장받을 수 있다. 또한 라이벌인 박석훈을 매장할 수 있다. 아래에서 일하는 놈들이라 많이 아는 것은 아니지만 그래도 추적할 만큼 알고 있기는 했다.

"바로 움직여야겠네요, 그 녀석들이 도망가기 전에."

"그래야지요."

노형진은 그렇게 말하면서도 그녀에게 손을 내밀었다.

"한 부 더 주셔야지요."

"이건 불법인데."

"어차피 승진하려면 위에 어필해야 하는 거 아닙니까? 그걸 다른 사람들이 대신해 준다는데 손해 보는 건 없으시잖아요?"

"호호호."

오문아는 미리 준비한 수사 기록 사본을 노형진에게 건넸다.

노형진은 이걸 보험회사에 넘길 테고, 그쪽에서는 강력한 수사를 위해 로비 및 압력을 행사할 것이다.

'그러면 오문아에게 힘이 실리겠지.'

이것이 법이다

그럴수록 오문아의 실적은 높아질 수밖에 없다. 그러면 그에 따라 범인들의 자리는 더욱더 좁아질 것이다.

"잘 부탁해요, 노 변호사."

"걱정 마십시오."

노형진은 서류를 받아서 그걸 열었다. 그리고 스윽 한번 훑어보기 시작했다.

그러나 그다음 순간 생각지도 못한 이름을 발견한 노형진의 얼굴은 어느 때보다 딱딱해졌다.

⚖

"천성계가 이번 일에 연관되어 있습니다."

노형진의 말에 회의실에 있던 모든 사람들은 등으로 진땀이 흐르는 것을 느낄 수 있었다.

"으음……."

특히 송정한은 눈빛이 크게 흔들릴 정도로 놀랐다.

"젠장…… 그러고 보니……."

"그들이 좋아하는 방식이죠?"

노형진은 송정한의 말에 쓰게 웃으면서 대꾸했다.

이런 방식은 천성계가 좋아하는 방식이다. 과거 노인 병원 사건 때에도 그는 사람들의 목숨을 담보 삼아서 막대한 돈을 받아 냈다.

지금도 마찬가지다. 다만 바뀐 점은 그 당시에는 의뢰받아서 죽여 주는 것이었다면, 이번에는 의뢰가 아니라 보험료를 노리고 살인했다는 것 정도? 그때나 지금이나 엄청난 수의 살인을 한 것은 바뀌지 않았다.

'망할 새끼.'

천성계는 그런 녀석이었다. 사람 목숨을 파리 목숨을 아는 사업가. 그는 사람이란 돈이 되느냐 안 되느냐에 따라 구분할 뿐이다.

"천성계라…….'"

송정한조차 생각지도 못한 이름이 나오자 곤혹스러운 모습이었다.

"천성계가 그렇게 문제야?"

손채림은 그에 대해 모른다. 당연히 무슨 일이 벌어지고 있는지 알 수가 없다.

"그 녀석은…… 완전히 골칫덩어리야."

노형진이 천성계에 대해 차근차근 설명해 주자 손채림의 얼굴은 사색이 되었다. 노형진의 말에 따르면 그는 최소한 1천 명 이상의 사람을 죽인 희대의 살인마이기 때문이다.

"그가 이런 일을 어떻게 할 수 있는 거야? 말도 안 되잖아. 병원을 하는 게 무슨 한두 푼 드는 것도 아니고, 이번에도 마찬가지잖아? 사람 쓰는 게 돈이 많다고 가능한 건 아니잖아?"

"그 녀석은 중국의 삼합회의 자금 관리자로 의심받고 있소, 손채림 양."

김성식은 걱정스러운 눈빛으로 손채림에게 천성계에 대해 설명해 줬다.

"삼합회요? 영화에 나오는?"

"애석하게도 영화가 아니라 실제 존재하는 집단이오."

손채림은 아무런 말도 할 수가 없었다.

김성식 역시 천성계에 대해 잘 알고 있다. 그리고 노형진 만큼이나 똥 씹은 얼굴을 하고 있었다.

"검찰에서도 그 녀석을 상당 기간 노렸지……."

"검찰에서도요?"

"그래, 그 녀석…… 빠져나가는 데에는 귀신이야."

하긴, 노형진이 맨 처음에 천성계의 존재를 알게 된 것은 유민택 회장이 이야기해 준 것에서 시작되었다. 유 회장이 알고 있는 정도인데 검찰에서 모르고 있을 리 없다.

"아마도 이번 사건도 대대적으로 수사에 들어갈 거야. 천성계라는 이름은 우리 검찰에게서도 가벼운 이름은 아니니까. 그렇다곤 해도 아무것도 없어서 빠져나갈 테지만."

김성식도 그 녀석을 잡기 위해 노력했다. 하지만 결국 잡지 못하고 검찰에서 나올 수밖에 없었다.

"이번에 우리가 전면에 나서지 않은 것은 잘한 일 같군. 만일 이번에도 우리가 나선 것을 안다면…… 천성계의 성격상 두고 보지는 않을 테니까."

노형진은 이번 사건에서 새론을 가능하면 숨기려고 했다. 그래서 이번 사건에 전면에 나선 것은 검찰과 보험회사뿐이다. 체포 과정에서 약간의 충돌이 있었지만 거기에서는 신분이 드러나지 않았다.

"천성계가 걸려든 이상 아마 전국에 있는 모든 사건에 대한 전수조사가 벌어질 걸세."

"그러면 그동안 사고로 처리된 사건들이 드러나겠군요."

"그렇겠지……. 하지만……."

돈을 찾지 못할 것이다. 이미 돈은 천성계와 삼합회에 넘어갔을 테고, 지금쯤 중요한 놈들은 모두 중국으로 넘어갔을 테니까.

"남은 건 잔챙이들뿐이겠지."

김성식은 몇 번이나 겪은 일인 듯 얼굴을 찡그렸다.

"잠깐이야. 물러나겠지만…… 다시 돌아올 걸세."

김성식은 확신한다는 듯 말했고 노형진은 고개를 끄덕거렸다.

천성계와 부딪친 게 벌써 세 번째다. 이번에야 자신들에 대해 모르겠지만 말이다.

벌써 몇 번이나 그들의 한국 진출을 방해했다. 노인 병원으로 감춘 살인 공장을 저지하고, 섬 지역의 매춘부들을 구출했으며, 이번에는 사고를 가장한 보험금 사기까지.

'다시 만날 것 같은데?'

노형진은 왠지 이 악연이 이렇게 끝날 것 같지 않다는 생각에 절로 얼굴이 일그러졌다.

이것이 법이다

왕따 천국

"형진아!"

"응?"

"내가 사건 물어 왔다."

"사건?"

노형진은 손채림이 사건을 물어 왔다는 말에 왠지 두려움
이 밀려오는 것을 느꼈다.

"아니, 왜 그래?"

"그냥. 네가 지난번에 가지고 온 사건이 얼마나 커진 건지
생각나서."

"그건 우연이고."

대한민국을 또다시 뒤집은 사건.

기업 차원의 살인 사건. 그게 언론에 드러나자 사람들은 어이가 없어서 말을 못 했다.

'내가 그럴 줄 알았나.'

천성계는 중국에서 온 사람들을 대상으로 그런 짓을 했다. 그래야 사람을 쉽게 구할 수 있기 때문이다.

그런데 이게 터지고 언론에서 조사하기 시작하자 그렇게 보험금을 받은 기업이 한두 곳이 아니라는 사실이 드러난 것이다.

물론 체계적으로 살인에 들어간 건 아니지만 사고로 죽을 수 있다는 사실을 알면서도 모른 척한 경우가 한국 기업 내에서도 제법 있어 국민들은 분통을 터트리고 있었다.

'고쳐질지는 의문이지만.'

하지만 해당 기업은 사고라는 말만 하면서 버티고 있다. 이 주제가 3개월도 가지 않을 거라는 걸 알 듯이 말이다.

"에이, 걱정 마. 그렇게 터무니없는 사건 아냐."

"무슨 사건인데?"

"왕따."

"왕따?"

"왜 표정이 그래?"

"그냥, 옛날 생각이 나서."

노형진이 회귀해서 가장 먼저 해결한 사건이 다름 아닌 왕따 사건이었다.

그 당시 노형진은 왕따를 해결하면서 누나의 미래를 망친 녀석을 처절하게 응징했다.

물론 그 녀석이 그만큼 인간쓰레기처럼 살고 있으니 가능한 일이었지만 말이다.

"그런데 그 정도 사건은 우리가 아니더라도 충분히 해결할 수 있는데?"

일반적으로 왕따를 해결하기 위해 필요한 법적 지식은 지극히 적다. 그렇다 보니 노형진 정도의 실력을 가진 사람이 아니더라도 어렵지 않게 해결할 수 있어서 이곳에 온 이후 왕따 사건이 노형진에게 온 적은 없었다.

"그거야 그렇지."

"그럼 그냥 맡겨."

손채림이 가지고 온 사건이기는 하지만 여기는 새론이고, 여기에 있는 이상 노형진과 손채림은 조직의 일원이다. 특별한 이유가 없는 한 규정에 맞게 움직여야 한다.

"특별한 이유가 있지."

"특별한 이유?"

"응."

"뭔데?"

"학교가 충성외국어고등학교야."

"충성외고…… 이런 싯팔……."

노형진은 욕이 절로 나왔다.

충성외고는 서울에 있는 학교로, 공식적으로는 천재들을 가르치는 것을 목적으로 한다. 하지만 비공식적으로 그곳은 부자들만을 위한 세계이다. 돈 있는 자들이 기부금으로 들어가서 자리를 잡는 곳.

"왜 하필 거기야?"

"왜?"

"끄응…… 아니다."

그녀는 모르지만 충성외고는 얼마 후 자율형 사립 고등학교가 된다.

물론 자율형 사립 고등학교라는 것이 나쁜 것은 아니다.

하지만 정부의 지원 없이 오로지 등록금으로 운영한다는 것은 결과적으로 부자들만이 입학이 가능하다는 뜻이기에 결국 부자만을 위한 세계가 되었다.

'지금도 마찬가지이기는 하지만…….'

지금도 충성외고는 상당한 외부 기부금을 받고 있다.

문제는 돈을 내는 부모를 가진 애들과 그렇지 못한 애들을 극단적으로 차별한다는 것이다.

"역시 노 변호사. 우어, 학교 이름만 알아도 머리 잡고 고민하네. 문제를 안 거야?"

"안 게 아니라, 우리나라에서 그 학교에 대해 모르는 변호사가 얼마나 있을 것 같냐?"

노형진은 다른 변호사들이 그 일을 해결하지 못하는 이유를 알 것 같았다.

'이건 뭐, 인간 같아야 대꾸라도 해 주지.'

뼛속까지 부자 학교다.

그렇다 보니 부자 애들이 가난하지만 공부를 잘하는 애들을 괴롭히곤 하는데, 과거에 해결했던 사건과 달리 부자나 권력가인 부모와 학교의 전폭적인 지지를 받으면서 보호받다 보니 그가 변호사들에게 전수한 해결책이 절대 통하지 않는다.

"아, 그놈들이랑 엮이고 싶지 않은데."

"엮였었어?"

"한 번."

물론 그건 회귀 전이었다. 그리고 초보 변호사 때였다.

그런데 그들의 마인드는 완전히 개판이었다.

"어떻게 되었는데?"

"노예는 많으니까 딴 학교로 전학시키래."

"헐…… 이야, 그 부모 미친 거 아냐?"

노형진은 피식하고 비웃음이 나왔다. 부모라면 그렇게 어이없지는 않았을 것이다.

"부모 아냐."

"그럼?"

"교장."

"뭐? 교장? 진짜로 교장이 그런 소리를 했단 말이야?"

"그래."

그 당시 사건을 담당했던 아이는 언어학에 천재라고 불릴 만큼 재능이 있었지만 왕따와 가혹 행위로 일반고로 전학할 수밖에 없었고, 결국 그저 그런 삶을 살게 되었다.

자신의 재능을 펼쳐 보일 기회조차 잡지 못한 채로 말이다.

'그리고 그 가해자 새끼들은 떵떵거리면서 잘살았지.'

그들의 행동에 노형진은 분노했지만 경찰에 고소해도, 법원에 항소심을 요청해도 모든 것이 철저하게 막혔다.

심지어 민사조차 제대로 인정받지 못했다.

"씨발……."

"네가 욕하는 거 처음 봐."

"그 정도로 더러운 상대다."

"그 정도야?"

"그래, 그건 다른 왕따랑 달라. 학교라는 집단 자체와의 싸움이라고."

다른 사람들이 해결하지 못하는 이유. 그건 다름 아닌 싸움의 규모 때문이다.

일반적으로 왕따는 가해자에 대한 형사처벌과 가해자 부모에 대한 민사로 이루어진다. 하지만 충성외고는 철저하게 학교에서 보호한다.

당장 왕따가 벌어졌다는 증거 자체를 그들이 가지고 있으니 그걸 손에 넣는 것도 힘든 데다가 끼리끼리 뭉친다고, 같은 가해자끼리 그런 일 없다는 식으로 짜면 그만이다.

"결국 지난번 그 애는 무고죄로 처벌까지 받았다."

"헐……."

물론 아직 그때가 되지는 않았다. 하지만 조만간 벌어질 일이고, 그때와 지금 충성외고가 달라졌다고 보기는 힘들다.

"그럼 어떻게 해?"

"어떻게 하긴…… 내가 해야지."

"하려고?"

"그래, 씨발……."

노형진은 오랜만에 열의에 불탔다.

회귀 전 당했던 그 모멸감. 비참함. 그리고 억울함.

결국 피해자는 인생이 망가지고, 가해자는 행복해졌던 망할 놈의 학교.

"이건 복수전이야."

그때는 돈이 없어서 질 수밖에 없었지만 이번에는 돈이 있다. 바로 그런 꼴을 당하지 않으려고 모은 돈이다. 당연히 할 생각이었다.

"복수라……."

손채림은 살짝 떨었다.

"여럿 피 보겠네."

"피 보라고 하는 게 복수다."

노형진은 이번에 확실하게 피를 볼 생각이었다.

사건 자체는 단순했다. 몇몇 패거리가 허수원이라는 아이를 괴롭힌 것이다.

오히려 어려운 건 상대방이었다.

"돈을 빼앗아?"

"네."

"얼마나?"

"한…… 200만 원 정도……."

"헐."

허수원은 고 2다. 그러니까 대략 1년 반 정도 되는 기간 동안 무려 200만 원이라는 돈을 빼앗아 간 것이다.

"학생 말고도 빼앗긴 애들 많아?"

"많아요. 상납하지 않으면 린치당하기도 하고……."

허수원은 고개를 푹 숙였다. 노형진은 그런 허수원을 다독거렸다.

"학생 잘못이 아니야. 알지? 학생 잘못이 아냐."

대한민국에서 잘못된 문화 중 하나가 뭐냐 하면 범죄의 책임을 피해자에게 돌린다는 것이다.

예를 들자면 강간은 여자가 잘못한 것이고, 강도는 그 시간에 돌아다닌 그 사람의 잘못이며, 왕따는 왕따를 당한 아이가 제대로 융화되지 못해서라는 것이다.

'병신 같은 논리지.'

노형진은 그렇게 생각하지 않는다.

물론 전 세계 어딜 가나 조직에 녹아들지 못하고 겉도는 애들은 많다. 미국 역시 그런 아이들에 대한 왕따가 가해지기도 한다.

하지만 그런 아이들일수록 정작 다른 사람과 다른 방식으로 생각하는 경우가 많다.

실제로도 미국에서 성공한 사람들의 이야기를 들어 보면 조직에 적응하지 못하고 외부로 돌던 아이들이 적지 않았다.

"흑흑흑."

그런 허수원 옆에서 울고 있는 어머니와 아버지.

노형진은 허수원에게 충분하게 사정을 듣고는 그들에게 질문을 던졌다.

"왜 모르신 겁니까?"

"그게…… 우리로서는 수원이가 공부하게 하려면 돈이 많이 드니까……."

너무나도 뻔한 대답. 하지만 또 그럴 수밖에 없는 대답.

'젠장, 답답하군.'

아들의 천재성을 키우기 위해서는, 대한민국에서는 엄청난 돈이 들어간다. 그리고 그 돈은 모두 부모가 책임져야 한다.

'웃기지.'

그래 놓고 성공하면 대한민국의 아들이니 뭐니 하면서 자

랑한다. 그런데 엄밀하게 말하면 대한민국은 그들을 키우는
데 전혀 도움을 주지 않는다.

"그런데 어떻게 아신 겁니까?"

"수원이가 결국 못 참고 이야기해서요. 난 그 말을 듣고
하늘이 무너지는 줄 알았습니다. 흑흑흑."

결국 자살 직전까지 몰린 허수원은 두 가지 중 하나를 선택
해야 했다. 자살하든가, 다른 사람에게 도움을 요청하든가.

"하아."

대한민국에서 왕따당하는 아이들은 부모에게 도움을 요청
하지 않는다. 그래서 사태가 더욱 악화되는 경우가 많다. 당
연히 선생님에게 도움을 요청했을 것이다.

"선생님은 뭐라고 하시디?"

"네?"

"부모님한테 이야기하기 전에 선생님한테 도움을 요청했
을 거 아냐? 그런데 아무런 말도 없었어?"

"그게…… 네가 참으라고, 어차피 졸업하면 보지 않을 사
이라고……."

'지랄.'

언제나 이런 식이다.

물론 졸업하면 보지 않을 사이라면, 좋다.

문제는 저 녀석들은 절대적인 갑이며 사회에 나가면 해당
지역의 유지가 된다는 것이다. 아예 동급이면 모를까, 저쪽

은 유지인데 이쪽이 피해자라면 이야기가 곤란해진다.

"멍청한 소리야, 그거. 넌 졸업하고도 그 아이들과 만나게
될 거다."

"네에?"

사색이 되는 허수원. 하지만 그게 현실이다.

"애석하게도 선생이 잘못 안 것 같구나."

실제로도 이런 식으로 평생을 끌려다니다가 결국 극단적
선택을 하는 경우는 많다.

"저 녀석들은 일반적인 경우와 달라. 일반적으로 고등학
교를 졸업한다면 전국에 있는 대학으로 가는 경우가 많지.
하지만 외고라고. 결국 너희들이 가는 곳은 정해진 구역 내
에 있는 소수의 상위 학교야. 무조건 인 서울이겠지."

사색이 되는 허수원.

"거기에다가 결국은 그 학교 내부에서도 외국어 관련 학과
나 장기적으로 비전이 있는 학과로 가겠지. 물론 그 녀석들
이 너보다 공부를 못하니 가지 않을 수도 있어. 그렇지만 그
학교에 간 친구 녀석을 알 가능성은 높지."

돈이 있으면 과외를 마음 놓고 받을 수 있으니 좋은 학교
에 갈 수 있다는 뜻이다.

"결국 이런 식이면 네가 살아가는 내내 뒤따라다닐 가능성
도 높다는 거야."

얼굴이 창백해지고 손이 와들와들 떨리는 허수원.

손채림은 그런 허수원을 보고 노형진을 쿡 찔렀다.

"아니, 왜 애를 겁주고 그래?"

"겁주는 게 아니라 현실을 알려 주는 거야. 지금부터는 실전이라고. 인생은 실전이다, 몰라? 법적으로 잘될 거라는 말이 어디에 있어? 인생은 언제나 최악을 가정하고 대비해야하는 거야."

"음……."

손채림도 그 부분에 대해서는 부정하지 못했다. 그녀 역시중·고등학교 때는 이렇게 살게 될 거라 생각하지 못했으니까.

"그럼…… 어떻게 해요?"

"그건 부모님들에게 달린 거지."

노형진은 부모님을 바라보았다. 결국 이번 사건의 카드는, 어떤 선택을 할지를 고를 부모님에게 달려 있었다.

"두 분은 잘 아셔야 합니다. 일단 현 상황에서 가장 편하고 좋은 방법은 수원이를 일반고로 전학시키는 겁니다. 공부를 잘하는 학생이니 그곳에 가서는 잘 적응할 수 있을 겁니다. 가장 효율적이고 빠르지요."

"그러면 그쪽으로……."

"하지만 그렇게 되면 수원이 공부가 문제입니다. 외고가왜 외고라고 불리겠습니까? 아마 그쪽으로 가면 수원이의능력을 키우는 것에는 한계가 있을 겁니다."

"아……."

일반고는 외고처럼 충분한 커리큘럼이 없다. 허수원은 따로 검사까지 받아 가면서 그 외국어 실력이 천재적이라는 걸 인정받은 아이다. 어지간한 학교 선생님보다 더 많이 안다고 봐도 무방하다.

"그 실력을 제대로 키워 주려면 따로 선생님을 붙여 줘야 합니다. 가능하시겠습니까?"

두 사람은 고개를 푹 숙였다.

그들은 지금도 맞벌이를 하면서 먹을 거 못 먹고, 입을 거 못 입으면서 허수원을 지원하고 있다. 추가적으로 선생님을 붙여 줄 여력은 되지 않는다.

"흑흑흑……."

결국 허수원의 어머니는 비참함 때문에 눈물을 터트렸다.

자신들이 돈이 없어서 자식의 인생이 망가지는 걸 눈으로 볼 수밖에 없으니 얼마나 가슴이 찢어지겠는가?

"변호사님, 그러면 지금 학교에 남아 있을 수 있는 방법은 없습니까?"

허수원의 아버지는 절망적으로 물었다.

지금 다니는 학교의 학비도 간신히 내고 있는데 여기서 나가면 허수원을 가르칠 자신이 없었기 때문이다.

"글쎄요……. 일단 학교 측과 대화는 해 봐야겠지요."

노형진은 그렇게 말하고 있기는 하지만 결국은 방법이 없다는 것을 알고는 있었다.

'젠장…….'
답답한 마음만 늘어 갈 뿐이었다.

"전학 가라고 해요."
노형진은 충성외고의 교장과 면담을 신청했다.
그는 무려 일주일이 넘도록 시간을 끌다가 결국 노형진이
학교까지 무작정 찾아오자 어쩔 수 없이 만나 주기는 했다.
하지만 그의 입에서 나온 말은 차갑기 그지없었다.
"전학이 문제가 아니지 않습니까? 이건 장기적인 폭력의
문제입니다."
"거참, 애들 장난을 가지고 너무하시네."
"애들 장난? 지금 허수원 학생의 돈만 200만 원입니다. 학
생의 말로는 피해자가 더 있다고 하고요. 그게 장난입니까?"
"그래 봤자 그놈이 그놈이지."
코웃음을 치는 교장. 그는 이미 누구 편을 들어 줄지 결정
한 상태였다.
"노예는 많으니까 딴 학교로 전학 가라고 해요."
"노예?"
회귀 전에 들은 말을 그대로 하는 교장의 말에 노형진은
자신의 귀를 의심했다.

이것이 법이다

'하긴…… 그때도 이 새끼였지.'

그렇기 때문에 노형진은 말로는 되지 않을 거라는 걸 알고 있었던 것이다.

다른 사람이었다면 최소한 말은 통했을 것이다. 하지만 이 교장은 이사회의 신임을 받는 사람이다. 정확하게는 돈을 많이 벌어 주는 사람이다. 그러니 잘릴 리 없다.

"왕따 문제가 우리 학교에만 있는 것도 아니고 세상이 다 그런 건데, 그것도 못 참고 징징거리는 애들을 언제까지 봐야 합니까? 세상은 그것보다 더 험합니다."

"그것과 그건 다르죠. 세상은 험하지만 거기로 나가기 위해서 배우는 곳이 학교 아닙니까?"

"그러니까 제대로 배워야지요."

교장은 뻔뻔할 정도로 막나갔다. 아니, 다른 학생에 대해서는 관심도 없어 보였다.

"소중한 학생 아닙니까? 그런데 어떻게 그렇게 말씀하십니까?"

"그런 학생은 많다니까. 절이 싫으면 중이 떠나야지, 왜 자꾸 절한테 뭐라고 해?"

"지금 그걸 말이라고 합니까?"

"말이니 하지."

노형진은 더 화를 내려다가 결국은 포기했다. 아무리 설명해 봐야 아무런 효과도 없다는 걸 전에도 느껴 봤기 때문이다.

"알겠습니다."

노형진이 조용히 일어나자 옆에 있던 손채림은 깜짝 놀랐다.

"그냥 가려고?"

노형진은 고개를 끄덕거리고는 천천히 바깥으로 나왔다. 그러자 손채림은 어쩔 줄 몰라 하다가 결국 뒤따라서 밖으로 나왔다.

노형진은 짜증스럽게 넥타이를 풀면서 머리로 올라오는 열기를 식혔다.

'전혀 다르지가 않네.'

회귀 전과 똑같은 상황. 다른 거라고는 이번 피해자가 그때와 다른 아이라는 것뿐.

"저 인간, 원래 저래?"

"그래."

"아니, 왜?"

"원래 있잖아, 사람들은 자기가 어울리는 사람과 같은 등급이라고 생각하는 인간이 있거든. 저 녀석이 그런 녀석이야."

"그게 무슨 소리야?"

"아무래도 교장이니까 돈 좀 있는 학부모들과 함께 어울렸을 거 아냐. 그러니 자기가 상류층이라고 생각하는 거지."

물론 그건 전혀 아니다. 그는 그저 월급을 받는 교장일 뿐이고 상류층에 들어갈 수 있을 정도의 재산은 없다.

"그리고 그도 한편으로는 그걸 알아. 그러니까 절대로 부자들을 건드릴 수 없는 거야."

"그럼 이 일은 해결할 생각이 없는 거네?"

"아마 전학 보내면 땡이라고 생각하겠지."

아무리 외고라고 하지만 여전히 일반 학생이 부자들보다 많다. 그런 만큼 한 명이 전학을 간다고 해서 일이 커지는 건 아니다.

"그럼 어쩔 거야?"

"글쎄……."

노형진은 고민하다가 독하게 마음먹었다.

"뭐, 그렇게 나온다면…… 내가 저 녀석들의 판타지를 이뤄 줘야지."

"판타지?"

이해할 수 없는 그의 말에 손채림은 어리둥절한 표정을 지었지만 노형진의 머릿속에서는 이미 계획이 그려지고 있었다.

다음 권으로 이어집니다

200평 초대형 24시 만화방

- 수면실 (침대식)
- 사우나석
- 다인석
- 샤워실
- 세탁기
- 신간100%

📖 수원 인계동점

● 나혜석거리   ● 농협

● CGV   ● 수원시청역 ⑧

무비 사거리

소주한잔 건물
24시 만화방 3F

● 홍콩반점   ● 홈플러스

TEL : 031-226-3771
수원시 팔달구 인계동 1041-11 3층 24시 만화방

📖 의정부점

의정부역 ④ ⑤   흥선지하도

◀서울방향

진성약국   ● 던킨도넛츠

24시 만화방 3F

TEL : 031-856-3971
경기도 의정부시 의정부동 197-13 3층

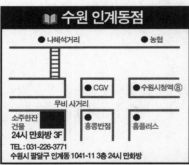

📖 주안점

주안 남부역

◀제물포   민병철 어학원   간석동▶

● 25시 만화방 6F

TEL : 032-426-2871
인천광역시 주안남부역 지하상가 4번 출구 GS25시 건물 6층

📖 안양점

● 안양역   육교

◀관악역   명학역▶

● 농협   24시 만화방 2F   안양일번가

TEL : 031-466-3771
경기도 안양시 안양동 674-163 조이당구장건물 2층

기이한 현대 판타지 장편소설

방송의제왕

"방송 작가의 필수 자질?
그건 방송 사고를 피해 가는 감이죠."

갑작스러운 교통사고로 데뷔 전으로 회귀한 세준!
미래의 '내'가 보내는 메시지로
한 많고 꽉 막혔던 인생,
이번에야말로 잘 살아 보려 하지만
기상천외한 방송계의 사건 사고들이 그의 앞을 가로막는데……

상위 5%의 작가들만이 앉는다는 '황금 방석'
그 이상을 넘보는 인간 한세준의
스릴 만점 '인생 2회 차' 개봉 박두!

ROK
MEDIA

박경원 스포츠 장편소설

신의 마구

될 놈만 되는 서러운 세상
안 되는 노력파 투수, 신을 만나다!

죽어라 노력해 봤지만
그 결과는 굴욕의 현금 트레이드!

"재능이 없으면 그냥 나가 죽으라는 거야?"

좌절한 그 앞에 BABIP 신이 나타나는데……!

-이거나 받도록 해.

신에게 받은 것, 그것은 신의 마구!